Professeur tentateur
St Jean

This is a work of fiction. Similarities to real people, places, or events are entirely coincidental.

PROFESSEUR TENTATEUR

First edition. September 30, 2024.

ISBN: 979-8224559497

Written by St Jean.

Also by St Jean

Match impitoyable
L'homme méchant
Rebondissant
Son sale entraîneur
Dynastie brûlée
Venin de velours
Accouplement interdit
Carrossier
Refuge au bord de mer
Sales Murmures
Notre chère Isabelle
Pratiquer avec mon tuteur
Professeur tentateur

Un appel de son meilleur ami amène Callum Asher dans le nord de l'État de New York. Sa nouvelle mission : protéger Kara McGee à tout prix.

En se faisant passer pour un harceleur à l'université, il s'immisce dans son monde. Enseigner dans la salle de classe voisine de la sienne, où il peut la garder en sécurité, réveille des souvenirs du passé. Après des années de séparation, il est attiré par elle comme si le temps ne s'était pas écoulé. Il doit cependant garder la tête froide. Un faux pas et sa couverture sera dévoilée.

Lorsque les dés sont lancés, les dernières pièces du puzzle placent Kara exactement là où il ne la veut pas : entre les mains d'un homme fou.

Pourra-t-il sauver la femme qui possède son cœur ou arrivera-t-il trop tard ?

Chapitre 1

Kara

Il y a huit mois

Mes bras étaient chargés de cahiers, de diapositives et d'un mélange de brochures, de copies couleur de graphiques, de chronologies et Dieu seul savait quoi d'autre ; j'avais perdu le fil.

Je ressemblais à une publicité ambulante pour le prochain numéro de « Nerds Weekly ». Mes yeux étaient rivés sur ma montre tandis que je comptais les minutes jusqu'à ce qu'on ait besoin de moi dans l'amphithéâtre principal.

Dieu sait que personne ne voulait faire attendre le professeur Trop-Grand-pour-Son-Pantalon. Les sacs sur mes épaules – ils pesaient probablement autant que moi à ce stade.

Je levais juste les yeux pour m'assurer que j'étais dans le bon couloir – tous ces couloirs blancs se ressemblaient – quand c'est arrivé.

J'ai percuté quelqu'un ; c'était un mur qui était entièrement humain. Mon cœur battait fort tandis que je luttais pour rester debout. Et surtout, je ne devais pas lâcher la brassée de merde que je tenais. Si je devais remettre ces stupides diapositives en ordre, je devrais peut-être tout abandonner. Renoncer à l'idée de devenir un fantôme de l'enfer.

Je n'aurais jamais pensé qu'obtenir un emploi ici signifierait faire du travail de fond. J'avais une maîtrise en littérature américaine et une licence en mythologie grecque, bon sang. J'étais là pour enseigner et pourtant... Non. Je ne pouvais pas – je ne voulais pas – donner un coup de pied dans la bouche d'un cheval offert. Mon frère avait probablement vendu son âme pour avoir une chance que je sois admis dans le personnel ici.

Pour sa réputation et pour être ici seul, je me comporterais bien.

La prestigieuse Angel Hill Academy était la meilleure université privée du nord de l'État de New York. C'était un endroit « sur invitation seulement ». Les prétentieux de la société riche envoyaient leurs larbins ici pour la meilleure éducation possible. Et probablement plus d'un était là pour les empêcher d'aller en prison ou en cure de désintoxication. Est-ce que je jugeais ? Oui. Est-ce que c'était une évaluation juste ? Et aussi, oui.

Tous les étudiants ici n'étaient pas des imbéciles, ni n'avaient une attitude de merde, juste la majorité. Du moins à mon avis.

La majorité d'entre eux avaient cet air « je viens d'une famille riche ». Nous, simples paysans, étions là pour les servir et être à leur disposition.

Cela sonnait méchant et haineux. Je ne voulais pas dire ça de cette façon. C'est juste que je ne viens pas d'une famille riche. J'ai travaillé comme une dingue pendant des années pour obtenir ce que je voulais. Je n'avais pas de papa vers qui courir pour me remettre à la maison. Pouah, je ne ferais pas ça de toute façon. Ma famille venait d'une longue lignée de travailleurs acharnés. On ne nous donnait jamais rien et certains jours, cet endroit et son argent me touchaient. Je l'admettais. Mais faire partie de la vie de ces jeunes, les aider à s'épanouir, ça valait la peine.

L'homme que j'allais percuter m'a attrapée et m'a maintenue debout. Le mouvement m'a ramenée au présent.

« Oh mon Dieu, je suis vraiment désolée », ai-je balbutié.

Rencontrer des gens dans les couloirs n'était pas ce que j'aimais le plus. C'était comme si je venais de revivre mon premier jour ici. Deux ans s'étaient écoulés et pourtant, j'étais là, avec les mêmes pensées et les mêmes réactions. Au moins à l'époque, je pouvais mettre ça sur le compte du fait que j'étais un peu déstabilisée et pas du tout à ma place. C'est

comme être un petit poisson dans un grand étang. Je me sentais toujours ainsi, et c'était principalement sur cela que je basais mes journées. Essayer d'être la femme que je devais être tout en leur montrant que je pouvais le faire.

Je n'étais pas seulement là parce que mon grand frère m'avait dit que je devais l'être.

J'avais le sentiment que ce sentiment d'inadéquation ne s'estomperait jamais.

« Pourquoi cette précipitation ? » Sa voix grave résonna dans mes sens tandis que mon cerveau revenait en ligne.

Ian Sterling était un collègue professeur ici à Angel Hill. C'était lui qui m'avait interviewée le premier jour car il était également membre principal du conseil d'administration qui dirigeait l'école. Ce jour-là, la nervosité était quelque chose que je n'oublierais jamais. Je venais de sortir de l'université, encore toute mouillée, et j'avais paniqué tout le long du trajet. Serais-je assez bonne ? Étais-je prête à me lancer dans quelque chose comme ça ?

C'était un grand pas pour moi. J'avais sauté les nénuphars dans l'eau et j'avais sauté directement par-dessus l'étang.

Le malaise est devenu mon meilleur ami au quotidien depuis lors. Je n'ai jamais semblé trouver ma place ou m'intégrer. J'étais au mieux tolérée. Personne n'était carrément odieux ou méchant ; c'était juste un sentiment dans mon ventre. Je n'étais pas traitée tout à fait de la même manière que tout le monde. Surtout par Ian.

C'était toujours bizarre et irréel que je sois ici – en train d'enseigner. Comme si certains de ces enfants n'avaient que quelques années de moins que moi. C'était bizarre parfois, au début, c'est le moins qu'on puisse dire.

Maintenant, ce n'était pas si mal. Une fois que j'ai atteint la trentaine, ma vie a commencé à avoir un peu plus de sens. Et je ne me sentais pas si mal à ma place.

« Désolée. » J'ai regardé autour de moi pour m'assurer que je n'avais rien laissé tomber. Je jure que si quelque chose n'était pas à sa place ou manquait, je perdais la tête.

« Ne t'inquiète pas, ma belle. Et si tu te rattrapais en me servant une tasse de café dans mon bureau ? »

Te rattraper auprès de lui ? Un café ? Son bureau ? La dernière fois que j'y étais allée – son bureau – il m'avait embrassée. Ne te méprends pas, il n'y avait généralement rien de mal à un bon baiser. Mais cet homme savait ce qu'il faisait ; ce n'était juste pas bien. Il était mon patron à toutes fins utiles. Un collègue. Il en faisait trop d'efforts. Et il était un peu autoritaire. Ce n'était pas mon truc. Je voulais un homme qui puisse me faire me soumettre dans la chambre à coucher, pas un homme qui essaie de me contrôler partout.

« Non merci. Je dois me rendre à l'amphithéâtre pour mon prochain cours. Le professeur Sykes est probablement déjà là, la mine renfrognée, en train d'attendre. Elle va m'écorcher pour être encore en retard. »

Sa main serra plus fort mes biceps, presque douloureusement, alors qu'il me tirait plus près de lui. Les livres et les diapositives s'enfonçaient dans ma peau alors qu'il me tenait là.

Je croisai son regard.

« Vous devriez savoir maintenant que je n'accepte pas un non comme réponse. »

« Et vous devriez savoir maintenant », dis-je en libérant mon bras de son emprise, « que je n'aime pas être malmenée, M. Sterling. S'il vous plaît, faites-vous une faveur, gardez vos mains pour vous. »

« Si je ne le fais pas ? » ricana-t-il. Ses joues rougirent de colère. Il n'aimait jamais entendre le mot « non ». Salaud.

Lui mettre un coup de poing dans la gorge ou simplement s'éloigner ? C'était ce qui me passait par la tête maintenant. C'était peut-être la seule partie de cette interaction qui l'avait fait prendre du recul et se ressaisir.

Je suis peut-être une épave épuisée, mais je pouvais combattre un ennemi. Mon frère, Dan, et son meilleur ami, Callum, mon ex... qui que nous soyons, s'en étaient assurés en grandissant.

Un été, ils m'avaient harcelé tous les jours. Attaques sournoises, tactiques de terreur, tout ce que vous voulez, et je me suis fait avoir. Ils ont finalement arrêté après que j'ai cassé le nez de Dan avec mon coude. La sauterelle avait surpassé le professeur à ce stade.

Cette connaissance s'était avérée utile lors d'un match de football un vendredi soir, lors de ma dernière année de lycée. J'avais envoyé à l'hôpital l'un des joueurs de football universitaire d'une équipe rivale avec un nez cassé et une épaule déboîtée.

Voyez-vous, il avait pensé que ce serait une bonne idée de recruter une pom-pom girl. J'étais petite comparée à lui qui mesurait un mètre quatre-vingts et quelques sous. Je mesurais à peine 1,68 m. Lui et un autre coéquipier ont dit que c'était juste une « farce » lorsqu'ils ont été interrogés par la sécurité puis par la police.

Farce ou pas, ils se sont quand même fait botter les fesses par une fille. C'était tout un événement. Tellement qu'on en parlait encore le soir de la remise des diplômes. Les blagues et les rires de l'intérieur m'avaient rappelé que quoi qu'il arrive, je pouvais au moins me défendre si je le devais.

Puis l'université... disons simplement qu'avec mon frère là pour me protéger du danger pendant ma première année, le reste s'était fait en un clin d'œil.

« Hé, Karebear, tu n'es pas en retard pour les cours ? »

Je fermai les yeux, pris une profonde inspiration et me retournai pour trouver mon frère qui marchait dans ma direction. Merci, petit Jésus. Je lui adressai un sourire reconnaissant.

« Ouais, et arrête avec le surnom ; je n'ai plus dix ans. » J'essayai de lui faire la grimace, mais le soulagement qui tourbillonnait en moi l'arrêta net. Je continuai : « Je suis en route pour les cours maintenant, même si le professeur Sykes va me tuer pour être en retard. »

Il gloussa, attrapant les livres et les classeurs dans mes bras. Son regard se posa sur l'homme qui me surveillait toujours. « Professeur Sterling, je crois avoir croisé quelques étudiants qui attendaient devant la porte de votre bureau. »

Ian n'aimait pas le ton de rejet de Dan. Je l'appréciais. Au revoir, farceur.

— Bonjour, professeur Sterling. Je me dépêchai de suivre mon frère. Ce n'est qu'une fois que nous avons tourné dans le couloir suivant qu'il a parlé.

— Éloignez-vous de lui, Kara. Quelque chose à son sujet ? —

— Oui, je sais. Je vais travailler un peu plus dur. —

Aujourd'hui

— M. Ingles, puisque vous semblez bavard aujourd'hui, que diriez-vous que l'auteur de ce poème nous raconte ?

Je regardai ses sourcils se froncer tandis que je faisais glisser le poème suivant sur le projecteur pour que tout le monde le voie. Ces derniers jours, j'avais donné à chacune de mes classes la possibilité de s'exprimer sous forme de poème.

J'avais distribué du papier à chacun d'eux lorsqu'ils entraient dans ma salle. Je les laissais faire leur écriture purificatrice, s'ils le souhaitaient, et ils rendaient les papiers en sortant. Ils les plaçaient dans un panier, à l'envers et sans que je les regarde. Il n'y avait qu'une seule règle : pas de noms. C'était un devoir créatif et volontaire où aucun crédit ou note n'était attribué – juste un exercice agréable pour ouvrir leur esprit et leurs sentiments.

Je faisais ça moi-même de temps en temps quand je sentais qu'un nettoyage mental était de mise. Je prenais un carnet et je laissais sortir ce qui me passait par la tête. Une thérapie gratuite, si vous voulez.

Je n'avais aucune idée précise de qui avait écrit quoi, mais je connaissais quelques-uns simplement par leur écriture. Mais cette connaissance est restée en moi. Comme avec ce poème. Je pouvais sentir le besoin de la personne d'être entendue. Sa douleur. Je m'assurais de faire connaître mes inquiétudes, mais chaque chose en son temps. Je leur avais donné cet exercice pour une raison, après tout.

Comme c'était un projet de classe, j'avais changé les morceaux qui étaient discutés dans ma classe. Celui-ci venait d'une autre classe. Je m'étais assuré de les informer tous à leur arrivée. Ils recevraient un retour sur leurs entrées d'une autre classe. Un retour impartial et brut.

J'ai lu le poème à voix haute pour tout le monde, bien qu'ils aient une vue plongeante sur celui-ci depuis le tableau blanc où l'image était projetée.

Je ne chante plus
depuis que tu m'as enlevé la voix.
Je n'écris plus
Depuis que tu m'as pris ma plume.
Je ne pleure plus
Depuis que tu m'as pris mes yeux.
Je ne pense plus
Depuis que tu m'as pris l'esprit.
Je suis des os secs et creux.
Je suis un festin pour les corbeaux.
Je suis un mort-vivant.
Je suis un vide éternel.
— EDM

Christopher regarda le poème puis se tourna vers moi et haussa une épaule. « Ils semblent très malheureux, perdus même. »

« Bonne observation. »

J'ai vu une main se lever au fond de la salle. Avec un signe de tête, la jeune femme avec sa main levée a dit : « Je regarde ça comme si la personne mettait une voix sur le passé. Comme si elle savait parfaitement ce qui se passe, et en le mettant sur papier, elle peut le dépasser et passer à un meilleur endroit dans la vie. »

Un autre étudiant a dit : « C'est relatable. »

C'était vraiment relatable ; des émotions sincères tiraient sur mes cordes sensibles. De temps en temps, nous nous sentions tous en cage, enfermés par les personnes ou les circonstances qui nous entouraient. La vie était un numéro d'équilibriste ; Soit on gardait les quilles en l'air, soit elles tombaient sur la tête. Dans certains cas, la douleur cuisante était le meilleur remède, dans d'autres, c'était la goutte d'eau qui faisait déborder le vase. Cette fine ligne entre accepter son chemin et le changer.

« Je pense que vous avez tous raison. La vie imite l'art, vous m'avez déjà entendu dire ça. Cela pourrait être un vœu, un hymne, une promesse d'être plus, de faire de plus grandes choses… ou cela pourrait être une lettre laissée à quelqu'un dans le passé. »

« Mlle McGee ? » J'ai vu une main se lever pendant qu'elle parlait.

« Oui, Sarah ? »

« Est-ce que c'est comme si l'écrivain canalisait ses émotions dans ce texte simplement pour s'en libérer ? »

« Oui, il pourrait faire un certain nombre de choses. Les mots ont un pouvoir qui leur est propre. Faisons cela ; disons que je suis à Paris, en train de regarder la beauté qui m'entoure. Je pourrais utiliser des mots puissants pour dire la même chose que quelqu'un au milieu de la forêt tropicale pourrait dire. »

J'ai réfléchi un instant, puis j'ai souri en continuant : « Cet endroit est magnifique, paisible, un monde à part. » J'ai regardé autour de moi dans la pièce sombre, leurs visages éclairés par l'écran du projecteur. J'avais toute leur attention, et j'ai adoré qu'ils prennent cela en compte, peut-être l'utilisent à leur guise.

« Le pouvoir de ton être, les émotions que tu puises au plus profond de ton âme, tout cela ressort dans les mots que tu présente au monde ; c'est là que tu te démarques. Tu peux être la personne la plus gentille ou la plus vile, tout est une question de mots. »

« Comme si je disais que le pantalon que porte ma copine lui donne un cul délicieux, au lieu de dire qu'il lui fait grossir les fesses ? »

J'ai entendu un coup sourd, et quelqu'un a juré doucement.

« Je vais vous servir de leçon, M. Carson. Tous les mots ne sont pas pris de la même façon. Je ferai attention au pouvoir que vous leur donnez. » J'avais du mal à ne pas sourire, mais j'y suis parvenu. En quelques pas faciles, je me suis dirigé vers l'éclairage. « C'est tout pour aujourd'hui. S'il vous plaît, soyez prêt pour vos devoirs demain. Ne soyez pas en retard, d'accord ? »

Une fois la salle de classe vide, j'ai poussé un long soupir. Il était déjà 16 h 30. Le temps que je rassemble mes affaires, que la salle de classe soit fermée et que je sorte d'ici, je serai pressé de faire mes courses avant la fermeture des lieux. J'avais besoin d'essence, de provisions et d'aller chercher mon linge au pressing. Il serait environ 19 h lorsque je rentrerais à la maison.

Bonne nouvelle, il y avait une bouteille de vin dans le réfrigérateur qui m'attendait. C'est ainsi que je terminerais cette semaine aussi longue que le péché. Peut-être qu'après le dîner, je prendrais un long bain moussant bien chaud. Ouais, ça avait l'air d'être une très bonne façon de terminer un vendredi soir.

Chapitre 2

Kara

Il n'y avait aucune raison de s'inquiéter – de craindre – d'être entraîné dans une salle de classe vide. Mais c'est exactement la réaction qui m'a submergé.

Je me suis accordé une seconde pour me détendre, même si cela m'a fait voir le visage d'Ian se transformer en un ricanement familier. On aurait presque dit qu'il avait des douleurs dues aux gaz ou quelque chose comme ça. Avant que je puisse lui demander pourquoi il me malmenait – encore une fois – il m'a tiré plus près de lui. Son haleine sentait la vieille cigarette et le whisky. Je n'étais pas un grand buveur, donc l'alcool avait la même odeur à mon nez. C'était dégoûtant pour tout le monde.

« Lâche-moi, Ian. »

Je me suis relâché dans son étreinte. Ses doigts me pinçaient le biceps, et je savais par les incidents précédents que si je me tendais, j'aurais des bleus. Mais j'en aurais probablement de toute façon. Ce qui signifiait plus de débardeurs pendant une semaine ou deux. Encore une fois. La dernière fois, j'ai pu les couvrir avec des pulls légers car c'était la mi-mars et il y avait encore de la neige au sol. C'est actuellement l'été ici. Même dans le nord de l'État de New York, nous pouvons avoir des journées chaudes. Des manches longues par ce temps... Merde.

« Tu ne peux pas continuer à me refuser. » Son étreinte se resserra, sa voix devint un grognement bas et menaçant. « Pourquoi ? Pourquoi dois-tu me refuser la seule chose dont j'ai le plus besoin ? Tu sais que tu me veux ; tu le veux depuis que nous nous sommes embrassés dans mon bureau. Je t'ai vu me regarder. »

Attends, dis quoi maintenant. Moi qui le regarde ? Peut-être qu'il était vraiment ivre. Ou juste fou. À ce stade, j'appelais ce chat un chat.

« Ian, je ne te regarde pas. » J'essayai de me libérer de son emprise. Son étreinte se resserra et il se pencha davantage vers moi. L'odeur de cigarette était écœurante. La panique bouillonnait dans mes entrailles, menaçant d'exploser à tout moment.

Trois mois de cela commençaient à me peser sérieusement. Je ne savais pas comment régler la situation sans la rendre plus horrible. Je ne voulais pas faire quelque chose qui me ferait mal ou pire. Il était constamment dans mes fesses. Il me suivait partout dans l'école. Il venait me voir pour « me surveiller » pendant les cours. En tant que conseiller, il pouvait venir et regarder les cours sans que personne ne s'en aperçoive. Bon sang, j'avais même vu sa voiture dans ma rue après la tombée de la nuit.

Comment il pensait que tout cela était acceptable, je ne comprenais pas.

J'avais besoin d'aller voir le doyen... peut-être qu'il pourrait faire quelque chose ? Non. Ce serait aussi grave que d'impliquer un autre membre du personnel. Je devais gérer ça toute seule.

« Je ne peux pas être plus claire que je ne l'ai été. Je n'ai pas ressenti, ni maintenant ni à aucun moment, le besoin de faire mes preuves auprès de toi, Ian. Je ne souhaite pas me mêler à toi, parler ou traiter avec toi en dehors de ce que nous devons faire au travail. C'est tout. Rien de plus. »

« Des mensonges. Je te vois. Tu passes à côté de moi pour me taquiner. Tu me veux, tu me trouves attirante, mais tu as peur de l'admettre. Est-ce que c'est Dan qui ne m'aime pas ? Tu ne peux pas prendre une décision sans l'avis de ton frère ? Je ne peux pas supporter... Je ne veux pas que tu me refuses ça. »

Mon cœur résonnait comme un chant de guerre à ce moment-là. Cet homme... il délirait sérieusement s'il pensait une seule seconde que je le voulais d'une quelconque façon.

Comment ai-je pu dire ça... Je ne voulais vraiment pas avoir à me battre pour sortir de cette salle. Quelqu'un pourrait remarquer une altercation, et d'autres professeurs s'en mêleraient. Je préférais m'en occuper moi-même. Personne n'avait besoin de savoir que j'avais laissé cela se produire. Non, je ne me blâmais pas, c'est juste que... je ne savais plus rien.

Il y aurait encore des cours pendant quelques semaines. Ensuite, nous serions en vacances d'été – et je serais libre de ce connard pendant deux mois et demi – si jamais je revenais. Ce manque de limites et cette brutalité empiraient à chaque fois que nous revenions d'une pause, quelle qu'elle soit.

J'aurais vraiment aimé qu'il trouve un nouveau passe-temps. J'étais épuisée de jouer à ce jeu du chat et de la souris.

« Écoute, tu es un homme assez beau, mais tu n'es pas mon type. Je ne suis intéressée par rien d'autre que d'être une collègue de travail avec toi. Maintenant, si tu veux bien m'excuser, j'ai quelque part où aller, pas ici. »

Il ne voulait pas me lâcher, alors, ayant eu assez de mal, je l'ai forcé. Mon genou s'est soulevé pour heurter son aine, et il s'est renversé comme un poids de plomb. Je ne lui ai pas donné un coup de genou aussi fort que j'aurais pu, juste assez pour que mes mots pénètrent dans mon esprit.

Ses grognements et ses jurons m'ont fait attraper le sac que j'avais laissé tomber pour pouvoir me tirer de là.

J'avais un pas précipité, mais pas tout à fait une course à fond au moment où j'arrivais dans le couloir. Tous les jours des dernières semaines avaient été les mêmes. Partout où j'allais, il était là. Ou du moins, c'était vraiment le cas. Il se tenait devant l'amphithéâtre, la salle de classe, attendant au bout du couloir, observant comme un chien après un os.

Peut-être que je paniquais et que je réfléchissais trop à tout. C'est mon truc habituel. Soyons honnêtes, je souffre de SSPT dû à une relation passée. De gros problèmes de confiance qui ont commencé après... eh bien, peu importe comment cela a commencé, mais c'est là.

Si je pensais que cela me ferait du bien, je signalerais ses actions aux conseillers. Peut-être y avait-il une chance que je ne réfléchisse pas trop ou que je ne réagisse pas de manière excessive. Ils pourraient intervenir et faire cesser tout ça avant que quelqu'un – lui – ne soit blessé.

Je me suis arrêté au bout du couloir suivant, j'ai pris une profonde inspiration et j'ai expiré. Il était nécessaire de prendre ce moment pour me ressaisir. Une fois que j'ai senti mon rythme cardiaque ralentir, je me suis dirigé vers la salle que j'avais utilisée aujourd'hui. J'ai rassemblé mes affaires, m'assurant qu'il n'y avait plus aucun signe de moi, puis j'ai traversé le bâtiment pour retourner dans ma chambre habituelle. J'avais beaucoup à faire et maintenant mes nerfs étaient à vif.

Quand je rentrerais à la maison, j'allais prendre une bière et manger mon poids en cheesecake.

J'avais deux cours tôt le matin. Cela signifiait que je devais tout mettre en place et tout préparer maintenant. Je ne voulais pas attendre que mon cours de 7 heures soit assis pour le faire. Cela ne finissait jamais bien. Et pour être honnête, jusqu'à ma troisième tasse de café, je n'étais pas toujours au top de ma forme. Ne pas arriver ici à 5 heures du matin pour le faire serait aussi agréable. J'aimais mon sommeil.

La porte de ma chambre s'ouvrit au tour de ma clé et je pénétrai à l'intérieur. L'air était frais et un frisson me parcourut. Bien mieux que cette salle de classe où il faisait très chaud plus tôt dans l'après-midi.

« Que porteras-tu pour la foire ? »

En bâillant, je me grattai le cuir chevelu avec mes ongles et laissai la tension dans mon cou se relâcher. Les voix qui filtraient dans le couloir détournèrent mon attention des journaux devant moi. Il y avait une grande foire dans une ville voisine le week-end prochain. Tout le monde en avait parlé, avait fait des plans – et j'étais paniqué. Les foires étaient synonymes de clowns. Des gens bruyants et désagréables, des enfants qui hurlaient – mais cela signifiait aussi des corndogs, des oreilles d'éléphant et mon préféré, des saucisses avec des poivrons et des oignons.

Pouah. Mon estomac était prêt, mais mes nerfs, pas tellement.

Je n'étais pas fan des foules ou des endroits bruyants. Ni des clowns. La simple pensée me donnait envie de me cacher sous mon lit. Chaque fois que je voyais un clown, je me souvenais du film Poltergeist. Quand il y avait de l'orage, le clown effrayant a tiré Robbie hors du lit et en dessous.

Non. Non merci.

Je jure que je mourrais mille fois.

Et puis... j'avais un harceleur flippant. Rétrospectivement, je savais que c'était Ian. Des messages flippants dans ma boîte aux lettres. Des fleurs mortes sur le pas de ma porte. Des numéros bloqués et des appels inconnus qui se terminaient par des messages de quelqu'un qui respirait sur ma messagerie vocale. Je jure qu'il essayait de me faire une épave pour que je perde la boule. Ce crottin de crapaud visqueux ne pouvait tout simplement pas me laisser tranquille. Si j'allais voir l'administration, il y avait une chance que je sois simplement viré. C'est un homme de main ici. J'étais toujours le « nouveau » qui, après quelques années, se heurtait encore aux membres du conseil d'administration et aux cadres supérieurs – quelle blague.

Ma porte s'ouvrit brusquement et j'eus honte de le dire, je me redressai brusquement sur mon siège. Mon frère se tenait là, un sourire narquois sur le visage.

« Est-ce que je t'ai fait peur, gamin ? »

Je levai les yeux au ciel. « Tais-toi. »

Il sauta sur l'une des tables devant mon bureau. « C'est l'heure de prendre une décision. Tu es dedans ou pas ? »

« Pas encore. J'ai dit que j'y réfléchirais. Je n'en suis qu'à la moitié. »

« Oh, allez. On n'est pas allés à une fête foraine depuis ? — »

« Depuis que toi et la bande d'idiots m'avez laissé dans cette maison de l'horreur aux miroirs ! » soufflai-je. Cela me donnait encore des cauchemars les nuits difficiles. L'image de moi et de ce stupide clown effrayant. C'était une image sans fin qui tournait et se déplaçait avec moi.

« Quel était le problème ? Tu allais bien. »

« Je l'étais... tu m'as juste laissé là ! »

« Cal t'a fait sortir. Il a menacé de nous botter le cul après. »

« C'est le seul d'entre vous qui avait une demi-cellule cérébrale. »

Il gloussa. « Peut-être, mais c'est ce que les frères aînés font à leurs sœurs cadettes quand elles les suivent à la fête foraine. Tu n'arrêtais pas de nous embêter. »

« C'était impoli, imbécile. »

« Ouais, je sais. Je ne l'ai plus jamais fait. »

« Je te botterais les fesses si tu essayais. »

« Désolé, ma sœur, ce n'est pas de toi que je m'inquiète. Cal m'arracherait les bras. »

« Il ne le ferait pas. Pourquoi s'en soucierait-il ? »

Dan me regarda fixement ; l'expression de son visage me fit sursauter.

« Quoi ? Pourquoi as-tu cette expression ? »

« Tu es drôle, n'est-ce pas ? »

« Quoi ? » Je me levai de mon bureau et m'appuyai contre le devant. Pourquoi me faisait-il cette grimace ?

« Cal t'a toujours aimée, » déclara-t-il.

« Non, s'il l'avait fait, il ne serait pas parti. »

« Il est entré dans l'armée ; il ne t'a pas simplement quittée. »

« Peut-être, mais il est parti quand même. »

Il y avait beaucoup trop de peine dans ma voix. J'aimais Cal... J'aimais toujours ce gros con. Ça faisait tellement mal quand il partait.

Sa vie de famille n'était pas toujours géniale, et il voulait faire quelque chose de plus dans la vie que de rester en ville et d'avoir un travail subalterne. D'après ce que Dan m'a dit au fil des ans, il s'en est bien sorti.

« Tu sais qu'il est proche ? Il nous surveille tous les deux. » Dan gloussa.

« Ouais, eh bien... » Je soupirai, me frottant le visage avec la main. Mon attention fut attirée par la porte alors qu'une enveloppe glissait en dessous. Je restai là, à l'observer. Est-ce que ce serait comme la dernière ? Est-ce qu'elle contiendrait un message cryptique ? Est-ce que ce serait autre chose ? Est-ce qu'il y aurait un mort... eh bien, ce n'était pas assez gros pour un rat mort. Je frissonnai à cette pensée.

« Tu t'attends à ce que ça te morde ou quelque chose comme ça ? »

Dan passa devant moi et ramassa l'enveloppe. Je ne la lui prendrais pas. Il ne perdit pas de temps à l'ouvrir. Le petit morceau de papier à l'intérieur sortit entre ses doigts. Ses sourcils se haussèrent en une ligne serrée.

« Mais qu'est-ce que c'est que ça ? »

Je m'écartai de lui alors qu'il me tendait le papier. Les mots « Je te surveille ! » me fixèrent. Mon ventre se retourna. Je savais de qui il s'agissait, mais je n'avais aucune preuve. Je secouai la tête et retournai à mon bureau.

« Mets-le à la poubelle. » Je ramassai mes carnets de notes et le reste des copies que je devais corriger. Mes joues s'enflammèrent d'embarras. Comment avais-je pu dire à mon frère aîné et surprotecteur qu'un de ses soi-disant amis/membres du personnel était une personne démente ? Il ne pouvait pas accepter un non comme réponse. Ou du moins, pas de ma part.

Pourquoi être obsédé par moi ? Cela me faisait paraître prétentieuse. Peut-être qu'il faisait ça aussi aux autres. Un peu de séduction, les prendre dans ses bras, puis les serrer jusqu'à ce qu'ils s'étouffent.

Non, je n'avais pas affaire à un homme qui ne comprenait ni ne respectait les limites. Ce n'était pas possible. Il avait peut-être de bonnes intentions au début, mais maintenant, il avait pété les plombs. Il était en train d'intensifier ses ardeurs.

Tout se résumait au fait que je n'avais pas de preuve. Des preuves. Ce gros mot allait ruiner ma vie. Je le savais.

« Kara ? Qu'est-ce que c'est ? »

« Rien. — Jette-le, tout simplement.

— Qui ? —

Je dois y aller. J'ai des choses à faire avant de pouvoir retourner à mes devoirs.

— Kara, ce n'est pas rien. Est-ce un étudiant ? Un autre professeur ? C'est un campus isolé, donc ça doit être quelqu'un de proche. Il enroula ses doigts autour de la note et sortit en trombe de ma classe, regardant de haut en bas le couloir vide.

Je le bousculai et criai : — Ne t'inquiète pas, d'accord ? Tout va bien. —

C'est loin d'être bien, Kara !

— Je sais... Ces mots me coupèrent le souffle. Je devais sortir d'ici avant de fondre complètement. Les larmes me piquaient les yeux. Je les gardai à distance jusqu'à ce que j'arrive à ma voiture. Dans le silence, je laissai couler mes larmes et un sanglot éclata. Si cela continuait, je n'aurais d'autre choix que de quitter l'école. Si j'étais hors de sa vue, il ne pourrait pas me rendre la vie misérable. N'est-ce pas ?

Comme pour la plupart des choses dans la vie, ce n'était pas juste pour moi, mais je ferais tout ce que je pourrais pour me protéger, même si cela signifiait me déraciner et passer à autre chose.

L'herbe devait être plus verte ailleurs.

Il fallait que ce soit le cas.

Chapitre 3

De mon point de vue, je pouvais voir ma cible. Il était assis sur un banc du parc, faisant de son mieux pour ignorer la blonde aux longues jambes qui se trouvait justement assise sur le même banc. Bonjour, capitaine Obvious.

Pourquoi ont-ils toujours rendu les choses si faciles ? J'ai pris des photos de mon point de vue. Je savais que mon partenaire, Keith, était de l'autre côté du parc, son téléphone enregistrant toute cette sordide chose. Notre cible, Thomas Kincaid III, était un mari de merde. Il trompait sa femme très enceinte et sa petite amie avec cette femme d'affaires très chic. Ses clients payaient le prix fort pour une heure avec elle. Cette idiote, elle le saignait à blanc, et il ne le savait même pas.

J'étais chaque jour étonné par l'audace pure et simple – la stupidité – de certaines personnes. Cette surveillance d'aujourd'hui a été utile au dossier de ma cliente et devrait lui permettre d'obtenir ce qu'elle demandait. Un divorce, ce qui lui revient comme convenu dans le contrat de mariage, et tout ce que son avocat de ville au prix élevé pourrait trouver.

J'ai posé mon appareil photo, j'ai ouvert le carnet que je gardais à côté de moi et j'ai pris des notes pour le dossier. C'était une évidence, c'était sûr. J'ai laissé tomber le stylo à l'intérieur du carnet et je l'ai fermé. En regardant ma montre, j'ai hoché la tête pour moi-même. J'avais assez de temps pour manger quelque chose avant de retourner retrouver les gars au bureau. J'ai utilisé l'oreillette que nous portions tous pour dire à Keith : « On a ce qu'il nous faut, mec ; on fait demi-tour et on retourne à l'hôtel. On peut tout regrouper et envoyer le rapport écrit ce soir, puis repartir demain matin. »

« Tu as compris, mec. »

J'ai commencé à mettre ma voiture en marche arrière lorsque mon portable a sonné. Je l'ai attrapé du siège à côté de moi et sans regarder l'identifiant de l'appelant, j'ai dit : « Asher. »

« Cal, j'ai… nous avons… un problème. »

Je connaissais bien la voix à l'autre bout du fil. C'était l'une des rares personnes au monde qui pouvaient vraiment dire qu'elles me connaissaient depuis toujours, et il semblait inquiet.

Ce n'était pas le genre

de Daniel McGee stoïque et imperturbable que je connaissais. Mon meilleur ami d'enfance était un type strict et pragmatique. Il était professeur dans une université privée riche et prétentieuse du nord de l'État de New York. Il sortait avec les garçons et ne buvait jamais. Il s'assurait que nous rentrions tous sains et saufs à la maison. Il était le premier à appeler quand on avait besoin d'aide. Que ce soit aussi simple que d'emprunter une tasse de sucre ou d'éteindre un incendie, son attitude ne changeait jamais. Nous l'appelions heureux pour une raison.

J'avais le sentiment que je n'allais pas aimer ce qu'il disait ensuite.

« Dan, qu'est-ce qui se passe ? »

« C'est Kara. Je crois qu'elle a des ennuis. »

Kara. Sa sœur. Mon cœur. Celle que j'avais laissée s'enfuir. Elle avait des ennuis ? Je me suis redressée, le poussant à en savoir plus. — Explique-moi. —

Je ne peux pas. —

Tu peux. Tu le feras.

— Je ne sais rien, connard. Monte ici. Il se passe des trucs bizarres.

— Comme quoi ? —

Bon sang, je ne suis pas sûr. Elle se comporte bizarrement depuis quelques semaines. J'ai mis ça sur le compte du stress du nouveau semestre, mais ? — —

Putain, crache-le, mec. —

Il y a quelques minutes, quelqu'un a glissé un mot cryptique sous la porte de sa chambre. Elle s'est enfuie comme un cheval effrayé et ne veut rien me dire. Il n'y avait pas besoin de lui demander s'il était sûr, sa voix me disait tout ce que j'avais besoin de savoir.

— Je suis sur une affaire. Je dois la terminer, et ensuite je pourrai y aller. Ce sera tôt le matin. —

Merci. Je me sentirais mieux si tu pouvais regarder autour de toi et voir ce que tu peux trouver. —

Considère que c'est fait. Je pourrais peut-être attraper quelques paires d'yeux supplémentaires en chemin.

— Fais ce que tu veux. — Je peux payer ? —

Non, on s'en occupe. Tiens-toi tranquille et garde un œil sur elle.

— Je le ferai.

Deux jours à observer Kara de loin n'ont rien changé à mes sentiments pour elle. Ils sont aussi forts aujourd'hui qu'ils l'étaient quand je suis parti. J'aurais dû lui faire comprendre quand je me suis engagé dans l'armée que ce n'était pas pour m'éloigner d'elle. Je ne voulais pas partir, mais c'était ainsi que ma vie devait se dérouler à ce moment-là. C'est

une longue histoire, mais je voulais faire plus pour mon pays et pour moi-même. Pour donner à mes démons intérieurs quelque chose d'autre sur quoi se concentrer.

C'était égoïste de ma part. Je l'avais quittée sans lui dire ce que je ressentais, et elle avait souffert.

Il était temps de faire amende honorable.

Je le ferais en découvrant qui s'en prenait à ma fille.

— On bouge dans la rue. Sweat à capuche noir, visage caché.

Je sortis mes jumelles et regardai la silhouette se précipiter dans la rue. Le seul signe distinctif était la veste qu'ils portaient. Noire avec une flamme rouge sur la manche. La silhouette monta l'escalier adjacent au sien et en quelques secondes, elle se retrouva à l'intérieur du duplex. Une autre impasse.

Dan a surveillé sa classe et son bureau pour moi. Jusqu'à ce que je trouve un moyen d'entrer sur le campus. Demain matin, j'irais remplacer la classe voisine de la sienne. Il a fallu tirer quelques ficelles et demander quelques faveurs, mais ça valait le coup. Je pouvais suivre les instructions laissées par la prof.

Elle avait été plus qu'heureuse d'obtenir une semaine de congés payés pour me laisser remplacer sa classe. Avoir des amis haut placés, parfois, payait. Mon objectif numéro un était de m'installer avant que Kara ne me voie.

Après cela, je serais sur elle comme un K-9 entraîné sur son partenaire. Je m'assurerais qu'elle soit en sécurité et je découvrirais qui se cachait derrière les notes et les fleurs mortes. Si elle avait simplement parlé de ça à Dan plus tôt, nous aurions déjà pu mettre un terme à tout ça.

« Professeur Asher, merci beaucoup d'être venu à la dernière minute. » Je levai les yeux pour croiser le regard bienveillant du doyen.

« Avec plaisir, monsieur. Si quelqu'un pouvait me dire où se trouve la salle de classe ? C'est la première fois que je viens sur ce campus ; je détesterais être en retard le premier jour. »

« Bien sûr, je vous montrerai moi-même. »

« Merci. »

Je le suivis, laissant sa description de l'école, de l'agencement et de l'aile dans laquelle se trouvaient chacune des principales classes s'installer dans mon esprit. Je me concentrais principalement sur les environs immédiats. Il y avait des fenêtres partout. Certaines à hauteur de taille, d'autres à hauteur de tête. Quelques-unes allaient du sol au plafond. Ce seraient les pires endroits pour essayer de défendre l'école contre une attaque extérieure. Personne ne pense à ce genre de choses de nos jours ?

« Nous y sommes. Le département d'anglais dispose d'un salon avec des toilettes privées juste au bout du couloir. Voici les clés dont vous aurez besoin. Celle-ci est pour la salle, et celle-ci pour le salon. Si vous avez besoin de quoi que ce soit, n'hésitez pas à demander. Mme McGee est dans la classe d'à côté. Le professeur Oliver, le professeur Leonard et Mme Davenport sont juste de l'autre côté du couloir. Ils ont chacun un emploi du temps chargé aujourd'hui, donc ils seront là. Le docteur Kizer, le chef du département d'anglais, est absent aujourd'hui, mais j'ai hâte de vous présenter demain quand il reviendra. —

Merci, j'apprécie vraiment votre aide. Je suis sûr que tout ira bien. On m'a dit que le professeur m'avait laissé un emploi du temps détaillé des matières qu'ils devaient couvrir.

— Très bien, les cours commencent dans une heure.

Je me dirigeai vers la salle, regardant autour de moi. Dans une heure, ma nouvelle personnalité serait en plein essor. Rien n'y fait.

— Calme-toi. Je me levai, mon dos craquant tandis que je me redressais de la chaise. Celui qui avait acheté ces instruments de torture devrait être attaché à un pendant une semaine. Je me dirigeai vers l'avant de la classe, ma hanche appuyée contre le bureau. — Qui voudrait lire le paragraphe suivant et me dire ce que l'auteur vous dit ? —

J'adorerais ! — Allez

-y alors.

Quatre heures et demie plus tard, je m'ennuyais à mourir. Ma journée touchait à sa fin, Dieu merci. Qui aurait cru que la poésie pouvait être si ennuyeuse ? Je suppose que ce n'était pas une évaluation juste de la poésie en général. Elle n'était ennuyeuse que pour moi.

Pour certains, comme le prouvent mes cours jusqu'à présent aujourd'hui, beaucoup de gens l'appréciaient. Au point que certains élèves de la classe en sont presque venus aux mains sur la signification de ceci ou cela.

Sauvez-moi des gens ringards.

Je donnais un quiz surprise, comme indiqué dans les feuilles de travail qui m'étaient fournies, lorsqu'un cri à glacer le sang venant de la porte d'à côté m'a fait sortir de mon siège. « Tout le monde, restez où vous êtes ! » J'ai ouvert la porte et me suis précipitée vers la classe de Kara.

Elle se tenait figée à son bureau.

« Qu'est-ce qui s'est passé ? » Je me suis déplacé pour me placer derrière elle, mes mains posées sur ses épaules. Son visage était enfoui dans ses mains, et il y avait du sang partout. « Kara ! » Je l'ai fait tourner et j'ai retiré ses mains de son visage.

Avec elle si près, je pouvais non seulement voir que ce n'était pas du vrai sang, mais je pouvais sentir l'odeur sucrée et maladive des fleurs. Il y avait une boîte sur son bureau, des roses noires reposaient sous un... était-ce un rat ? C'était aussi faux que possible. Pourquoi diable quelqu'un ferait-il une chose pareille ?

« Kara, ma chérie, ça va ? Tu es blessée ? »

« Non... Je... » Son regard a croisé le mien, et elle s'est figée. « C-Cal ? »

« Ouais, bébé, c'est moi. Dis-moi ce qui s'est passé ici. »

D'autres personnes se sont entassées dans la pièce, et j'ai levé la main. Je ne voulais pas qu'elles entrent et voient ce qu'il y avait dans la boîte sur son bureau.

« Mme McGee a été surprise quand un stylo a explosé sur elle. Elle va bien ; Tu peux nous donner un moment ?

— Tu veux que j'appelle Dan pour toi, Kara ? —

S'il te plaît. Je vais devoir annuler mon dernier cours puisque je suis dans un sale état maintenant.

— Bien sûr, ma chère. —

Merci, professeur Oliver.

Quand la salle fut libre et la porte refermée, je la repoussai dans sa chaise et fouillai dans les tiroirs autour de nous pour trouver des mouchoirs. — Peux-tu me dire ce qui s'est passé ?

— Comment es-tu ici ? Pourquoi es-tu ici ?

— J'ai demandé en premier, dis-je en attrapant la boîte de mouchoirs sur son bureau. J'utilisai la bouteille d'eau posée à côté du porte-stylo pour en mouiller quelques-uns. — Tiens, essuie-toi le visage. —

Cal... je... —

Je suis désolée, il y a beaucoup de choses dont nous devons parler, mais pour l'instant, ceci, dis-je en agitant une main vers son bureau, passe en premier.

Elle s'essuya le visage avec les mouchoirs humides, les sourcils froncés en signe de défi. — Dan t'a appelée ! C'est pas vrai ? —

Il l'a fait. Tu es harcelée.

— Je... c'est stupide.

— Ce n'est pas stupide, Kara. Regarde ce bazar. Ce n'est peut-être pas une vraie souris ou du sang... Je reniflai la concoction sur ses manches de chemise. — Ça sent le faux sang ou quelque chose qui ressemble à du faux sang. —

C'est ridicule. Je jure que certains hommes ?...

La porte de sa chambre s'est ouverte à la volée. Un homme, grand et bien habillé, entra comme s'il était le maître des lieux. « Kara, ma chérie, est-ce que tu vas bien ? »

« Va-t'en, Ian. Et ne m'appelle pas ma chérie ! » Sa mâchoire serrée était suffisamment serrée pour lui casser les dents en deux.

Je me levai, mon corps faisant barrière entre elle et l'intrus.

« Tu peux partir maintenant, mon garçon, je vais m'occuper d'elle. Viens, Kara, on va s'occuper de toi. »

« Je crois que la dame a dit de partir. La porte est par là. » Je fis un signe du menton.

« Je ne crois pas te connaître », répondit-il, un sourire éclatant sur le visage. Il leva la main pour me serrer la main. « Je suis le professeur Ian Sterling. Je suis membre du conseil. » Je ne me laissai pas tromper par ses actions ; elles ne correspondaient pas à la colère dans ses yeux.

Je croisai les bras sur ma poitrine. Les manches de ma chemise se gonflèrent en le faisant. Il s'arrêta, ses yeux se rétrécissant lorsque je ne lui rendis pas la pareille en me présentant.

— Ian, va-t'en. Je n'ai pas besoin de toi ici, ni ne te veux.

Il s'approcha. Je me suis installée dans son espace. — Je me fiche de qui tu es, la dame t'a demandé de partir. Tu peux y aller seul, ou je serai heureux de t'enlever.

— Elle est à moi ? —

Rien. Sa voix était teintée de venin.

— Kara, vraiment. Arrête ? —

Elle n'est rien pour toi, mec. Mes bras tombèrent à mes côtés alors que je m'approchais, le repoussant avec ma seule menace. Il n'avait aucune prétention sur ma fille. Personne d'autre que moi ne l'avait. Si cela me faisait paraître possessif, eh bien, je l'étais. Mon cœur a toujours été à elle. Elle a toujours été la fille qui a volé mon cœur avec son grand cœur et son attitude impertinente. Et ce farceur pensait qu'il avait une prétention sur elle ?

Sur mon cadavre.

— Je ne sais pas qui tu es ? —

Je l'interrompis au milieu de sa pensée. — Je suis à elle. Elle est à moi. Est-ce assez clair ? Tu n'es pas le bienvenu ici, alors va te faire foutre.

— Cal, ne le fais pas. Kara s'interposa entre nous et me repoussa, sa main sur ma poitrine. Je la laissai faire. Faisant un pas en arrière, je laissai échapper un long soupir de frustration. Elle me repoussa une fois de plus. Je fis tout pour l'éloigner de lui. — S'il te plaît. Allons-y.

Mon regard tomba sur le sien. Ces yeux verts tiraient sur mon cœur, comme ils l'avaient fait pendant tant d'années. Je regardais les émotions danser dans ses beaux yeux, s'enfoncer dans son contact.

Le connard profita de ma pause momentanée pour lui attraper le bras. Kara se retourna et lorsqu'elle grogna un « va te faire foutre », il fut suivi d'un coup de poing dans sa mâchoire. La porte de sa chambre s'ouvrit et Dan entra juste à temps pour voir le connard tomber par terre.

« Eh bien... ça répond à quelques questions. »

Je rencontrai son regard. Il y avait du feu en lui, mais pour le bien de Kara, il resta là, faisant comme si de rien n'était. Moi, en revanche, j'avais du mal à ne pas réduire ce bâtard en bouillie.

Kara attrapa ses sacs et sortit en trombe de la pièce. J'attrapai la boîte, la note qui en tombait, et la suivis. Nous devions discuter de ce qui venait de se passer. Quelque chose me disait qu'Ian et mon petit fougueux n'étaient pas dans les meilleurs termes. En fait, j'étais presque sûre, rien qu'en voyant ses actions, qu'il était peut-être celui qui était derrière tous ses problèmes. La réaction de Dan aussi. Cela en disait long.

Chapitre 4

Kara

J'avais de la chance que non seulement je passe une journée de merde, mais que Cal soit

là pour en être témoin. Marcher jusqu'à ma voiture, rentrer à la maison, tout s'est passé dans un flou. Je voulais entrer, me détendre et dormir après la journée. Je ne voulais pas discuter de tout ça avec Cal ou mon frère surprotecteur, hors de propos et curieux. Tous deux sont entrés dans ma maison comme s'ils en étaient les propriétaires. Je suppose que c'était ma faute d'avoir donné une clé à Dan. Je me suis dirigée vers lui, la main tendue. "Rends-moi ma clé." "Pas question, Karebear. Dis-moi ce qui s'est passé.

Tu ne peux pas faire comme si je ne t'avais pas surpris en train de frapper un membre du conseil d'administration au visage. Un membre du conseil d'administration qui s'est probablement remis sur pied. Il pourrait non seulement signaler ton agression, mais aussi te faire virer. — Jésus, femme. Qu'est-ce qui se passe ?

— Ce n'est pas le cas ?

— Non ! La voix de Cal résonna juste derrière moi.

— C'est bien au-delà de rien, Kara. Quelqu'un t'a envoyé une mauvaise surprise, puis il est entré dans ta chambre comme s'il en était le propriétaire. Il t'a parlé comme...

— C'est un membre du personnel. Il peut aller où il veut. La main de Cal agrippa mon biceps et avant que je ne m'en rende compte, il me retourna, son corps planant au-dessus du mien pendant qu'il parlait.

— Il est entré comme s'il avait un droit sur toi. Comme si tu allais te retourner et lui obéir. — Comme tu peux le voir... Je libérai mon bras de son emprise. L'inconfort, la douleur des bleus qu'ils ne pouvaient pas voir me faisaient battre le cœur. Cela devenait incontrôlable. Il me laissa m'éloigner, contrairement aux fois où Ian m'attrapait, me serrant plus fort quand je me débattais. Le sourcil de Cal se pinça.

— Kara, laisse-moi voir ton bras.

— Non. Jésus, Cal. Tu n'as pas le droit de t'éloigner de moi, puis de réapparaître soudainement comme si rien n'avait changé. » Je m'éloignai de lui et de mon frère. J'avais besoin d'une minute pour réfléchir. Je pris les escaliers en toute hâte pour monter dans ma chambre et me changer.

Je fermai la porte, verrouillant la poignée avant de me diriger vers le placard. J'ai changé ma robe et mon pull pour une paire de leggings confortables, un débardeur et j'ai enfilé un sweat-shirt gris délavé surdimensionné. L'un de mes préférés qui m'accompagne depuis si longtemps maintenant. C'était aussi celui de Cal, alors il m'a avalée. Ignorant l'homme massif qui se tenait juste devant la porte de ma chambre, je redescendis, le cœur battant. Je savais ce que je devais faire. J'avais besoin qu'ils le fassent, qu'ils sachent tout. Mais j'étais de plus en plus gênée au fil des minutes. J'aurais pu arrêter ça il y a des mois et des mois.

Je m'arrêtai sur le pas de la porte de ma cuisine pour regarder mon frère. Il se déplaçait comme si c'était sa cuisine. Évidemment, il était souvent là, donc il savait où tout se trouvait. Il sortit la poêle en fonte de ma grand-mère et la posa sur le feu.

J'étais tellement distraite par les mouvements dans ma cuisine que ce n'est que lorsqu'il m'entoura de ses bras que je réalisai que Cal était juste derrière moi. J'aurais dû le savoir. Ce n'était pas son genre de me laisser tranquille... à moins que cela implique qu'il s'enfuie à l'armée après avoir obtenu son diplôme universitaire.

J'étais encore un peu amère. Alors poursuis-moi en justice.

"J'ai besoin que tu nous dises ce qui se passe. S'il te plaît, ne le laisse pas s'en tirer comme ça."

"Cal, non. Tu débarques comme si tu n'étais jamais parti. Un chevalier avec une grande épée pour tuer mes dragons, et pourtant..." soupirai-je, essayant de me libérer de son emprise de fer.

"Je sais que mon départ t'a fait mal. Je suis désolée pour ça, mais je suis partie pour faire quelque chose dont j'avais besoin. Quelque chose pour moi. Je ne pouvais pas l'expliquer à l'époque - bon sang, je ne sais toujours pas ce qui a allumé ce feu en moi quand ça l'a fait. Mais ce n'est pas ce qui est important maintenant. Je suis là pour aider. Je ne te laisserai pas être blessé comme ça.

- Je suis désolé aujourd'hui ? - -

Karebear, comme je le vois, tu n'as rien à regretter. Ce n'est pas ta faute. Quelqu'un... Dan se tourna et échangea un regard dur avec Cal avant de se tourner vers moi, - Je suis presque sûr que tes actions envers ce trou signifient que c'est de sa faute. Depuis combien de temps ça dure ?

En détournant le regard de lui, je savais ce que je devais faire. Je devais leur dire la vérité. C'est juste que... ils allaient perdre la tête. Si je ne faisais pas attention, ils feraient plus que s'énerver. Cal était un gars entraîné des Forces Spéciales. Les mesures qu'il prendrait pour me sauver... Mon cœur battait fort dans ma poitrine.

Les bras autour de moi, le réconfort que je ressentais avec lui si près rendaient la chose plus facile. Je lui ai tapoté les mains et quand ils m'ont lâchée, j'ai marché dans le petit couloir jusqu'au placard. Avec un frisson, je l'ai ouvert et j'ai attrapé la boîte Amazon dans laquelle j'avais gardé les choses qui m'avaient été laissées, moins les fleurs mortes dégoûtantes, et je l'ai ramenée à la table de la salle à manger. J'ai laissé tomber la boîte et je suis retournée dans la cuisine. Il y avait une bouteille de rosé Arbor Mist au fond du réfrigérateur. Et avant que vous ne le disiez, je sais que beaucoup diraient que ce n'est pas du vrai vin, mais c'est le mieux que je puisse supporter. Je n'étais pas une grande buveuse, mais cette situation méritait une bouteille ou trois.

J'ai sorti la première tasse que j'ai vue dans le placard. La grande tasse à café avait une licorne dessus avec écrit, Keep Calm and Poop Rainbows. Je ne l'ai pas achetée pour moi ; c'était un cadeau pour mon anniversaire l'année dernière de Dan. Ce n'était pas non plus un verre à vin, mais j'avais besoin du sourire qu'il m'apportait. Dan était toujours doué pour faire quelque chose qui me faisait sourire. C'était vraiment un bon grand frère.

Quand je remis la bouteille et retournai dans la salle à manger, Dan vit la tasse et renifla.

« Du vin dans une tasse à café. Dois-je m'inquiéter ? »

« Non. » Je m'effondrai sur une chaise et grimaçai en regardant Cal enfiler une paire de gants en nitrile bleu. Il les transportait tous au hasard dans ses poches ? Que diable a-t-il fait pour que cela devienne une pratique courante ?

Je le regardai, les joues rouges tandis que le vin glissait dans ma gorge. Il fouilla méthodiquement dans la boîte. Chaque enveloppe et chaque morceau de papier plié furent examinés. Plus il regardait, plus son cou et son visage devenaient rouges. Après trois minutes de silence de mort, il arracha un gant, sortit son portable d'une poche et le laissa tomber sur la table. Il tapota l'écran du doigt. Le téléphone sonna une fois avant qu'on ne réponde.

« Johnson. »

« Viens ici. Amène Berkley et un kit. » Il raccrocha et me regarda.

Mon cœur battait à tout rompre. Qui était-ce au téléphone ? Pourquoi étaient-ils là, et quel genre de connerie se passait-il ?

On frappa à la porte. Dan s'avança pour ouvrir. Deux hommes entrèrent, l'un tenant une grosse valise jaune.

— Qu'est-ce que tu as ? —

Emballe et étiquete tout. Je veux que ça soit envoyé à l'équipe d'Annabel pour qu'ils prennent leurs empreintes digitales et qu'ils trouvent autre chose. Fais vite. On sait qui est derrière tout ça, il faut juste que je l'attrape.

— Cal, me levai-je, laisse tomber. Après aujourd'hui, il serait stupide de tenter autre chose. Son regard dur croisa le mien, et j'eus assez de bon sens pour reculer d'un pas. Son regard me fit dresser les poils de la nuque. Je levai la main quand il s'approcha.

— As-tu la moindre idée de ce qui aurait pu se passer aujourd'hui ? Une idée, Kara ? Il t'a envoyé un paquet avec des fleurs fanées et un rat ensanglanté.

— Ce n'était pas réel !

— Cette fois ! Il s'approcha, ses yeux me clouant sur place. — Qu'est-ce qui te fait croire que ça ne va pas empirer ?

« Calme-toi, Cal. »

Je pris une seconde pour réfléchir. Je ne savais pas. Je ne pouvais pas savoir, mais je pouvais espérer. Il a été attrapé... mais là encore, j'étais fan de ces émissions de True Crime... elles ne vous ont jamais facilité la tâche, ni fait ce que vous attendiez d'elles.

« Réponds-moi, Kara. Pourquoi s'arrêterait-il, surtout après que tu l'aies mis devant moi ? Il va redoubler d'efforts maintenant. Je vois ça tout le temps. »

« Je-je-je ne sais pas. » Ma voix se brisa, mais cela ne l'arrêta pas. Cal me tira contre sa poitrine. Une main tenait mon menton, inclinant ma tête en arrière pour que je rencontre son regard.

« Je ne le laisserai pas blesser ma fille. Je ne peux pas. Je vais d'abord l'achever. »

« Je ne suis pas à toi... »

Ses lèvres se relevèrent avec un sourire malicieux. « Tu as toujours été à moi. J'étais juste trop stupide pour le voir à l'époque. Je te promets qu'il ne t'atteindra plus. Nous ne laisserons pas cela se produire. »

— C'est vrai. Je n'arrive pas à croire que tu aies caché ça, Kare. Je regardai vers la cuisine ; mon frère faisait les cent pas, les oreilles aussi rouges que son visage. — Je vais le tuer. Il ne s'en tirera pas comme ça.

Son regard signifiait des ennuis. Il envisageait de faire quelque chose de stupide. Je tapotai le bras de Cal et il me laissa partir. Je m'arrêtai devant Dan. — Écoute, gros con. Je t'aime, je t'aime, mais si tu fais ce que tu penses, j'appelle Gran et je la laisse te tabasser avec sa canne. —

Elle a raison, mec. Laisse-nous gérer ça. —

C'est ma faute. Je l'ai amenée à l'école. Appelle pour demain. Je vais mettre une note sur ton agenda et envoyer un e-mail aux élèves.

— Je ne me cache pas de gens comme Ian Sterling. Je ne suis pas un lâche, Daniel. —

Tu n'es peut-être pas un lâche, mais il a raison, tu ne travailleras pas demain.

« Laissez-moi vous remettre les pendules à l'heure, ici et maintenant. J'ai peut-être des problèmes, mais je ne les fuirai pas. Mes élèves comptent sur moi pour leur fournir les connaissances qu'ils recherchent. »

« Vous êtes vulnérable dans cette salle de classe. »

« Je vais en cours. Apparemment, vous et Cal avez mis au point un plan ici, alors... faites avec. Je termine cette semaine ; nous avons deux jours. Ensuite, je vais sortir et profiter de la foire ce week-end. Je vais manger mon poids en oreilles d'éléphant et en saucisses. Peut-être même des frites au fromage et au chili et boire une putain de bière de racine. Je ne laisserai pas une fouine gluante ruiner ma vie. »

« Kare... » commença Dan, mais je l'interrompis.

« Je ne vais pas me cacher ! Fin de la discussion. » Je les dépassai tous les deux et montai les escaliers. Je savais qu'ils avaient de bonnes intentions, mais les saints nous protègent. À ce stade de ma vie, je pourrais bien leur fracasser la tête avec une lampe.

« Dieu merci, cette semaine est finie ! »

« Vous allez à la foire ce week-end ? Maman m'oblige à emmener mes petits frères. »

« On se retrouve à la porte principale ou à la porte latérale ? »

« Je suis tellement prête. Ils ont la nouvelle grande roue là-bas. Nous sommes passés devant hier. Elle est bien plus grande que celle de l'année dernière. »

« Je ne vais pas monter sur ce truc, c'est trop haut. »

Je rigolais tandis que les enfants dans la salle devenaient plus bruyants. La peur que j'avais au fond de moi de voir un clown était réelle. Est-ce que je montais sur cette grande roue ? Non, pas du tout. Je n'y pensais même pas. J'y allais uniquement pour la nourriture. Souriant pour moi

-même, j'ai fourré mon agenda dans mon sac. Tout le monde était prêt pour la foire. C'était une tradition annuelle, et même moi, avec toute la merde qui s'était produite, je comptais le temps. J'avais accepté de laisser non seulement Dan, mais aussi Cal et son équipe m'accompagner. Cela les rendait moins grincheux et au moins de cette façon, si je me bourrais au point de vomir, j'aurais un chauffeur désigné.

Cette pensée me fit sourire encore plus.

« Alors », dit Cal derrière moi alors que je verrouillais la porte de ma classe. « Tu es prête à manger quelque chose et à retourner chez toi ? » J'ai réussi à ne pas sursauter. À peine. Bon, pas vraiment. J'ai sursauté. Au moins, je n'ai pas couiné cette fois.

Je détestais vraiment quand il faisait ça, surgir comme un ninja. Heureusement que je n'avais pas de problème cardiaque ou quelque chose comme ça parce qu'il le faisait à chaque fois que je sortais de ma classe. Une fois aujourd'hui, alors que je me dirigeais vers la salle de pause pour soulager ma vessie, j'ai failli ne pas y arriver.

Il était censé éloigner un harceleur, et c'est comme ça qu'il s'y est pris ? Si je le frappais... j'aurais tort. Pas vrai ?

« Je commande une grande pizza au pepperoni et à la saucisse avec de la sauce et du fromage en plus, j'ouvre une bouteille de vin et je regarde les derniers épisodes de 9-1-1 et 9-1-1 Lonestar. »

Son rire emplit la salle vide autour de nous. « Très bien. Ça te dérange si je me joins à toi pour m'amuser un peu ? »

Je me mordis la lèvre en me retournant pour reculer. Mon regard croisa le sien. « Hmm... oui. Mais la première fois que tu dis « ce n'est pas comme ça qu'ils font », je te mets dehors. »

Il s'approcha d'un pas raide alors que mon dos heurtait la porte qui menait au parking. Il s'arrêta, juste assez loin pour me dire qu'il ne me touchait pas.

« D'accord, mais je n'ai jamais dit qu'on regarderait la télé. »

Mes joues devinrent brûlantes alors qu'il se penchait et déposait un baiser sur ma bouche.

Ces derniers jours, il a fait tout ce qu'il pouvait pour me montrer ce qui me manquait. Je ne voulais plus manquer. J'étais assez femme pour laisser le passé derrière nous. Nous n'étions pas ensemble à l'époque. À l'époque, il n'y avait rien de plus que des sentiments que, pour être honnête, je n'ai jamais partagés. Lui non plus. Alors nous avons pu dépasser ça et reprendre notre chemin.

Sa chaleur m'a caressée juste assez longtemps pour me faire frissonner le ventre avant qu'il ne se retire. Sans un mot, il a poussé la porte, m'a fait tourner en me prenant la main et m'a conduite jusqu'au parking.

Le trajet du retour à la maison était plein de chaleur et de tension. Nous nous étions arrêtés pour prendre une pizza et il avait traversé la rue jusqu'à la pharmacie. Le sac qu'il avait apporté m'a fait battre le cœur. L'homme avait acheté une boîte géante de préservatifs.

C'était peut-être moi, mais je pensais qu'il attendait peut-être un peu plus que ce que je pouvais accepter. Je ferais quand même un bon essai. Je voulais – j'avais besoin – de savoir jusqu'où il irait. Est-ce que je pourrais supporter qu'il soit si proche ?

Oui. J'avais attendu des années pour avoir cet homme dans mon lit.

Des années !

Je me suis garée dans mon allée, je me suis garée et je suis sortie. Tout le long du chemin jusqu'à ma porte, je pouvais sentir sa chaleur derrière moi. J'ai rapidement déverrouillé la porte et je suis entrée. Cal n'a pas perdu de temps à me suivre à l'intérieur. Je n'avais pas prévu que la soirée se déroulerait de cette façon, mais... je n'allais pas y mettre un terme.

Mes rêves avaient beaucoup à faire.

Et ce soir, il était tout à moi.

Chapitre 5

Kara

Mon corps brûlait pour l'homme endormi et magnifiquement nu à côté de moi.

Le drap qui couvrait à peine ses muscles toniques et sculptés glissa entre mes doigts tandis que je le tirais doucement plus bas. J'y allais lentement, ne voulant pas le réveiller tout de suite.

Je devrais être rassasiée, Dieu sait qu'il m'avait donné assez de lui-même pour durer toute une vie, mais je suis apparemment une fille gourmande.

Seulement pour lui cependant.

J'ai déjà été avec des hommes avant, je ne suis pas une petite fleur innocente, mais... je n'ai jamais eu d'orgasmes qui ont fait que mon corps se crispe. Sérieusement, je pense que j'ai claqué un muscle ou deux avec le premier. Mon corps sursauta comme si j'avais été électrocutée. C'était une sensation incroyable, une fois que j'ai repris mon souffle.

Cal savait exactement quoi faire et comment faire vivre mon corps pour lui. J'étais sûre que si j'essayais de marcher maintenant, je vacillerais. Cet homme était un dieu, le Dieu des orgasmes entre les draps.

Les années de désir pour cet homme, celui que je pensais ne jamais avoir, me poussaient à être un peu coquine en ce moment. Je voulais plus. Je voulais tout de lui et par George, j'allais le taquiner jusqu'à ce que je l'obtienne. Qui avait besoin de marcher droit de toute façon ?

Je me penchai plus près, mon souffle chaud caressant sa peau tandis que je respirais son odeur. Mon musc, ça faisait monter mon désir et mon besoin.

En souriant, je passai le bout de mon ongle le long de l'intérieur de sa cuisse, suivant une légère cicatrice. Son corps était une carte routière des blessures qu'il avait reçues au cours de sa vie. Une blessure au couteau sur son côté droit. Une épaisse cicatrice le long de sa hanche gauche. De longues lignes fines le long de son bas du dos. Une petite cicatrice le long de sa clavicule. Celle qu'il avait eue quand nous étions petits. Il avait sauté par-dessus la rambarde de mauvaise qualité du vieux pont du ruisseau pour me sauver de la noyade. Ne t'inquiète pas, je n'étais pas en train de me noyer. J'étais dans l'eau jusqu'aux hanches. Si je m'étais juste levée, je m'en serais bien sortie.

Je pensais que c'était à ce moment-là que j'avais su qu'il était une personne spéciale. Il était le super-héros dont j'avais besoin dans ma vie.

Maintenant, alors que je l'examinais sans qu'il me regarde, je voulais savoir d'où venaient chacune de ces cicatrices. Quand elles se sont produites, avait-il beaucoup souffert ? Avait-il eu toutes ces cicatrices pendant son service militaire ? Qu'avait-il fait pour les avoir ? Peu importe l'histoire, je savais qu'il les aurait eues en faisant tout ce qui était en son pouvoir pour aider un autre être en difficulté. Ces cicatrices lui rappelaient les bons et les mauvais moments. Je me suis penchée pour effleurer de mes lèvres la cicatrice sur sa hanche.

J'aurais juste aimé pouvoir lui enlever celles qui lui faisaient encore mal. C'était une chose, non ? Elles pouvaient guérir, mais elles faisaient toujours mal. Je ne pouvais pas supporter l'idée qu'il ne se sente pas bien.

Ugh, ne sois pas émotive, Kara. Bon sang.

Je ne pouvais pas m'en empêcher. Je connaissais les histoires, j'avais vu les reportages aux infos. Être dans l'armée était un travail difficile. Les hommes et les femmes de nos forces armées étaient une race spéciale de héros qui n'étaient pas vraiment reconnus pour ce qu'ils faisaient. Sans eux, ce monde serait un monstre complètement différent.

Mon doigt remonta le long de la cicatrice sur sa cuisse, la ligne pâle comme une carte routière guidant ma main vers sa queue.

Prenant une profonde inspiration, je tirai ma lèvre inférieure entre mes dents tandis que je regardais sa longueur passer de flasque à semi-dure. Fermant les yeux, je me souvenais qu'il avait taquiné ma fente avec le bout il y a seulement quelques heures. Le mouvement de va-et-vient m'avait plongé dans une frénésie de désir – de besoin.

Mes yeux se levèrent vers son visage où je rencontrai son regard dur. Le désir dans ces beaux yeux verts alluma la torche en moi.

« Touche-moi. » Sa voix, l'ordre qu'elle contenait, roula sur moi. Sans hésitation, je glissai ma main vers lui, le talon de ma main parcourant sa tige en pleine croissance. Je lui donnerais ce qu'il voulait, mais à mon rythme. La peau douce et lisse courait le long de ma paume. Il devenait plus dur à chaque mouvement.

Son doux gémissement de plaisir envoyait une secousse directement dans ma chatte. Je palpitais. Je voulais plus de ces gémissements. Je me sentais puissante à ce moment précis. Avec un sourire, je me léchais les lèvres, ma main le serrant dans un poing serré tandis que je portais le bout à ma bouche. Ma langue taquinait le bout, mes yeux ne quittaient jamais les siens.

Et comme un bon garçon, il gémit pour moi. Je le pris dans ma bouche, le suçant doucement au début. Je devais ne pas bâillonner parce que je suis désolé, ce n'était pas du tout attirant. Dis ce que tu veux, je m'en fiche.

Je déplaçai ma main le long de sa base alors que je le prenais aussi loin que je le pouvais. C'était un homme très bien bâti. Pas trop grand, mais assez grand pour me faire faiblir les genoux. Sa main se déplaça vers mes cheveux, ses doigts s'enroulant dans les longues tresses alors que je faisais entrer et sortir sa bite de ma bouche.

« Putain, bébé... »

À cela, j'avalai difficilement, le laissant frapper le fond de ma gorge avant de me relever. Au troisième mouvement de tête, ses hanches tremblaient. Je pouvais sentir le tiraillement sur mes cheveux, mais je n'avais pas encore fini.

« Kara... »

Oh oui, je l'avais exactement là où je le voulais. J'utilisai mes dents du bas pour glisser doucement le long du bas de sa tige avant de le prendre à nouveau complètement en moi. La pointe toucha le fond de ma gorge. Je le tins dans ma bouche pendant une seconde. Ses couilles se soulevèrent, et je savais ce qui allait arriver.

Je me libérai de lui, ma main travaillant sa tige à un rythme dur et rapide pendant qu'il déversait sa semence. Son corps sursauta ; son cri de mon nom me remplit d'une joie que je ne pourrais jamais trouver ailleurs.

Cet homme n'avait aucune idée à quel point il me faisait me sentir spéciale.

Callum

C'était une sacrée façon de se réveiller.

Je l'ai sentie dès qu'elle s'est réveillée. Son corps s'éloignant du mien a créé un point froid. Sa chaleur m'a manqué instantanément. Ses doux caresses, la sensation de son souffle sur mon corps surexcité, c'était trop pour cacher mon besoin.

Ma bite était réveillée et maintenant, elle avait drainé chaque once de sens que j'avais en moi. Je la relevai, ma bouche réclamant la sienne alors que j'essayais de faire bouger mon corps. Le goût de moi sur ses lèvres, sa langue - cela m'envoya une secousse de désir à travers moi. Je voulais lui rendre cet orgasme avec intérêt.

Je me reculai, ma main allant prendre son visage en coupe.

« Nous avons beaucoup de choses à discuter. » Je passai mes lèvres sur les siennes. « Mais sache ceci, Kara McGee, tu es à moi. Je ne ferai pas l'erreur de te laisser partir à nouveau. Tu m'entends ? Tu es à moi. »

Je capturai sa bouche dans un baiser passionné. Son corps se détendit, se pressant contre le mien. J'avalai ses gémissements alors que ma main libérait son visage et parcourait son corps.

Je jouai avec les boucles douces juste au-dessus de son sexe, la taquinant. Elle bougea ses hanches, s'ouvrant à mon contact. Mes doigts glissèrent dans ses plis lisses. Trouvant son clitoris, j'utilisai mon index et mon majeur pour glisser en elle tandis que mon pouce frottait son bouton. Son corps rougit d'un rose clair, sa tête retomba en arrière et je me penchai, prenant son mamelon exposé dans ma bouche. Suçant, taquinant, pinçant le bouton dur entre mes dents.

« Cal... Dieu... »

Souriant d'un air satisfait, je passai ma langue sur son mamelon et l'embrassai jusqu'à son cou, mordillant la peau juste sous son oreille. Ce point sensible qui la faisait vibrer à chaque fois. Je pouvais sentir les tremblements la parcourir alors que son besoin augmentait. Mes doigts se déplaçaient plus rapidement, se recroquevillant en elle, frappant ses parois ; j'avais besoin qu'elle se sente aussi bien qu'elle me le faisait ressentir.

« Je veux t'entendre. »

Elle était silencieuse, ses gémissements doux jusqu'à ce que mes mots la touchent. Puis elle laissa les sons du plaisir se libérer. Je fermai les yeux en l'embrassant à nouveau, avalant les halètements alors que son corps commençait à trembler. Son orgasme monta rapidement.

« Viens pour moi, bébé. Laisse-moi sentir ces jus sur mes doigts. Je veux te goûter. »

Son corps tressauta tandis qu'elle criait mon nom. La petitesse de sa voix me poussait à continuer. J'avais besoin de plus de ses cris de plaisir.

Je descendis du lit, la tirai vers le bord et regardai ses yeux vitreux de désir et de besoin. Ma bite remplit sa chatte serrée.

Je fermai les yeux une fois de plus, respirant la sensation de son enroulement autour de moi.

Ses seins rebondirent alors que je commençais à pousser plus fort, tirant ses jambes vers le haut, ses genoux contre mes côtes. Je la maintins là, ma bite la remplissant, me retirant pour pousser à nouveau. Elle agrippait les draps sous elle, mon nom était un juron sur ses lèvres.

Je regardai son cou rougir alors qu'elle cambrait le dos. Je libérai une jambe et me penchai, ma main allant saisir légèrement son cou. Son regard se posa sur le mien.

« Tu aimes ça. Tu veux que je te baise plus fort ? »

Elle gémit, ses yeux se révulsèrent alors que je poussais plus fort, mes hanches claquant contre elle, pressant contre son clitoris alors que ma bite la remplissait. Elle cria, son corps avait besoin de plus. Je déplaçai mes mains vers ses hanches et poussai plus fort, plus vite, tout le lit tremblant alors que je lui donnais ce dont elle avait besoin.

« Oui... c'est vrai... oh mon Dieu ! »

Je la regardai perdre le contrôle de son propre corps. Son orgasme fit se resserrer son corps autour de moi, saisissant douloureusement ma bite. Je me laissai aller, mon propre orgasme frappa. Je libérai ma semence au plus profond d'elle, mes hanches ralentissant juste assez pour l'aider à surmonter l'orgasme. Sa poitrine se souleva, le rougissement de son corps - elle était tellement belle.

Une fois que nous respirâmes tous les deux normalement, je me penchai pour presser un baiser contre ses lèvres. « Reste ici, je reviens tout de suite. »

Je me libérai d'elle, gémissant de perte. Je me secouai et me dirigeai vers la salle de bain. Son grand jacuzzi était exactement ce dont elle avait besoin. Je commençai à le remplir d'eau chaude. Je l'ai testé pour m'assurer qu'il ne brûlait pas, puis j'ai versé quelques gouttes de son bain moussant parfumé. J'ai allumé les bougies qu'elle avait sur le bord de la baignoire et dans la fenêtre avant d'aller la chercher hors du lit.

« Je peux marcher. »

J'ai souri en la portant dans la salle de bain. « Je suis sûr que tu peux, mais je veux te porter. »

Elle a déposé un baiser au coin de ma bouche.

« Tiens, reste dans l'eau pendant une minute, puis assieds-toi lentement. »

Elle a frissonné en entrant dans l'eau.

Je l'ai rejointe dans la baignoire, un gant de toilette à la main. Alors qu'elle était allongée contre ma poitrine, j'ai mouillé le gant et utilisé son gel douche, un savon doux parfumé à la vanille, pour lui laver les bras un à un. Elle s'est complètement détendue pendant que je prenais soin d'elle.

« Je peux le faire moi-même », a-t-elle soupiré, sans bouger pour me prendre le gant des mains.

J'ai ri. « Comme je l'ai dit plus tôt, je suis sûr que tu peux, mais je veux faire ça. J'aime prendre soin de toi. »

Elle tourna légèrement la tête et sourit. « Tu n'as pas besoin d'essayer de me prouver que tu es là. Je te vois. Je te sens. » Elle serra sa lèvre inférieure entre ses dents tandis qu'elle se déplaçait, se tournant légèrement. « Je sais ? — »

« Je n'essaie pas de me rattraper, » dis-je en l'interrompant. « Je n'essaie pas de prouver quoi que ce soit. J'ai besoin de faire ça. De te donner tout ce que j'ai. Le passé me hante, oui, mais je me concentre sur le présent et ce qui va arriver. »

Son sourire s'agrandit et je vis dans ses yeux qu'elle voulait la même chose. Je déposai un doux baiser sur ses lèvres. Une fois qu'elle se détendit contre moi, je continuai à la chouchouter. Tapotant sa cuisse, elle leva la jambe, son pied reposant sur le bord de la baignoire. Je déposai un doux baiser sur son cou avant de passer à l'autre jambe.

Lorsqu'elle fut propre, je m'essuyai rapidement, jetai le chiffon humide dans l'évier et me détendis en appuyant sur le bouton des jets.

« Tu sais, » commenta-t-elle, semblant à moitié endormie, « une fille pourrait s'habituer à ce genre de traitement. »

En riant, je déposai un baiser sur son épaule. « Heureusement que je pourrais m'habituer à le faire alors. Ouais ? »

« Ouais. » Elle se blottit un peu plus contre moi. J'avais peur qu'elle s'endorme dans l'eau, alors je l'ai aidée à s'asseoir avant de sortir de la baignoire, en enroulant rapidement une serviette autour de ma taille. Lorsqu'elle se leva, je l'ai aidée à sortir et je l'ai séchée. J'ai enroulé une serviette autour d'elle après qu'elle ait tiré ses cheveux, à peine mouillés, en un nouveau chignon.

« Je n'arrive pas à croire qu'il soit 5 heures du matin. » Son regard passa de la fenêtre et de l'obscurité au-delà à la chambre. « Que dirais-tu d'une petite collation et d'un film avant de dormir un peu plus ? Je veux être reposée pour la foire plus tard. »

« Je pense que c'est un bon plan. Va enfiler ton pyjama et je vais nous chercher quelque chose à grignoter. »

Je lui ai donné une tape sur les fesses en passant et en sortant de la pièce. J'avais besoin de calmer mon besoin croissant ou elle serait ce que je grignotais. Je devais me rappeler qu'elle avait besoin de repos. Je ne voulais pas qu'elle souffre après nos ébats vigoureux.

Chapitre 6

Callum

La dernière chose que je voulais faire cet après-midi était de laisser Kara sortir du lit. Mais son cœur était fixé sur la foire, alors c'est là que nous allions.

Je n'allais pas être seul avec cette randonnée aujourd'hui. Pas avec ce qui s'était passé jusqu'à présent. J'ai fait le tour du parking, à la recherche d'une position défendable. D'un côté, j'espérais qu'elle serait en sécurité ici. De l'autre, je savais que les gens étaient imprévisibles dans un bon jour. Ce connard a déjà repoussé les limites. Je ne prenais aucun risque. Trouvant une place, j'ai garé mon camion. Sans que je le demande, Kara a attendu que je sorte et est venue l'aider.

Regardant autour de moi, à la recherche de quelque chose qui n'allait pas, je savais que mon instinct serait en état d'alerte. Une chose que j'avais apprise il y a bien longtemps était que mon instinct était plus digne de confiance que mes autres sens. Il ne m'a pas encore laissé tomber.

J'ai essayé de ne pas m'inquiéter lorsque Kara s'est tournée pour se pencher à mes côtés.

« Hé... » Elle se retourna, son sourire grandissant lorsque le gros SUV entra dans le parking. Je levai le bras, lui faisant signe de venir là où nous étions. Dan se gara juste à côté de nous, et quand il sortit, il lança une casquette à sa sœur.

« J'ai trouvé ta casquette, petit. »

Kara rit en voyant la casquette jaune et rose. « Mon Dieu, je n'ai pas vu ça depuis si longtemps. Mais je ne la porte pas. Je ne suis plus une enfant. »

« Je pensais que tu voudrais revivre ces jours de gloire. »

« Tu veux dire les fois où tu me laissais faire la queue pour un tour et tu disparaissais ? »

« Ouais, écoute, on sait que j'étais parfois un frère nul. Tu étais un petit gosse agaçant à l'époque. Ce n'était pas entièrement de ma faute. »

Elle lui donna un coup de poing dans le bras avec un souffle.

« Tu n'étais pas un frère nul... tu étais juste un crétin. »

Elle la jeta dans le camion et me prit la main.

Alors qu'ils riaient et se bousculaient, nous nous dirigâmes vers l'entrée principale. Je savais que deux des gars de l'entreprise étaient déjà à l'intérieur, surveillant quiconque entrait. Ils avaient une description d'Ian et prendraient des photos de tous les hommes adultes qui franchissaient le portail.

Ce serait un endroit délicat non seulement à prospecter, mais aussi à sécuriser avec le nombre de personnes qui entraient et sortaient. Des habitants de la ville, des gens des villes voisines. C'était le chaos, et on ne pouvait pas faire de bulles avec cette merde.

Il y avait déjà des gens de toutes formes, tailles, ethnies et comportements ici. Les enfants couraient partout en riant et en s'interpellant. Dan et moi nous sommes tous les deux écartés en riant, lorsqu'un groupe de garçons s'est précipité entre nous pour échapper à la question d'un enfant plus petit. Comme ils portaient tous le même t-shirt jaune et bleu, j'ai pensé qu'il était prudent de les regrouper comme une famille.

« Je suis si heureuse que notre génération ne soit pas la seule à être des crottes », a soufflé Kara.

Je lui ai serré la main.

Les stands de jeux que nous avons croisés étaient bruyants, avec les ballons qui éclataient, le tintement des balles de ping-pong contre les bocaux en verre et le bruit du gros maillet en caoutchouc sur la plaque métallique qui faisait sonner le jeu Hi-Riser. Du moins, si vous réussissiez à placer cette pièce métallique assez haut pour faire sonner la cloche.

Nous n'avions pas plus tôt franchi l'entrée, payé nos billets et jeté un rapide coup d'œil autour de nous que Kara s'est précipitée vers un chariot de nourriture. Dan et moi l'avons suivie en secouant la tête avec amusement.

« Je ne sais pas où elle met tout ça », ai-je dit honnêtement.

« Papa disait qu'elle avait deux jambes creuses. »

« Je pourrais être d'accord avec ça, c'est sûr. »

J'étais presque sûr qu'elle devrait être une mangeuse professionnelle. Défier n'importe qui et tout le monde avec sa capacité à emballer la nourriture. Par le volume, pas par la vitesse. Elle mange lentement, savourant chaque bouchée de sa nourriture. Peu importe ce que c'est. Elle n'avait aucune idée à quel point c'était sexy de regarder sa langue rose se précipiter sur sa lèvre inférieure pour récupérer la dernière goutte de ce qu'elle mangeait.

Ce serait une visite très intéressante de la foire, c'est sûr. Le nombre de chariots et de camions de nourriture que je pouvais voir continuait pendant un certain temps. Elle – nous – allions faire faillite aujourd'hui. Mais si cela la rendait heureuse, cela ne me dérangeait pas du tout.

« Si tu commences à te remplir le gosier... je ne monterai pas dans des manèges avec toi, ma sœur. »

Kara lui fit un doigt d'honneur en commandant son premier hot-dog au chili et au fromage.

Je devrais parier pour voir combien de temps elle allait perdre toute cette nourriture... quel manège serait-ce cette fois-ci ?

J'éprouvai le besoin de blâmer Dan pour cette pensée... maintenant qu'il l'avait mise là, je me souvenais de ces séances de vomissements explosifs après le tilt-a-whirl. Cela arrivait à chaque fois.

En gémissant, cette pensée me fit repenser à aujourd'hui ; je suivis de près Kara, mes yeux scrutant la foule de gens autour de nous. À son honneur, elle semblait ignorer qu'elle pouvait être en danger, essayant juste de profiter de cette sortie. Je l'avais surprise plus d'une fois en train de regarder dehors, de scruter les visages, tout en s'assurant que Dan et moi n'étions jamais loin d'elle.

Je n'étais pas surpris, pas vraiment. Kara était tout sauf stupide. Elle connaissait les dangers d'être ici, et pourtant, elle était déterminée à passer un bon moment.

En la regardant faire un lancer d'anneaux avec Dan, je le taquinais pour avoir perdu contre une fille. Je veux dire, je ne pouvais pas le laisser être le seul à s'en prendre à quelqu'un aujourd'hui. C'était une revanche pour l'avoir battue au jeu de fléchettes. Ce n'était pas de sa faute si elle ne lançait pas assez fort. Après un peu de coaching de ma part, elle avait compris, mais il était trop tard à ce moment-là. Il avait perdu, et elle avait gagné un petit ours qu'elle avait retourné et donné à une petite fille qui regardait son frère beaucoup plus grand jouer au même jeu à côté de nous.

La suivant, je suis allée me mettre dans une file avec elle. J'avais besoin de boire quelque chose. J'ai pris ma bouteille d'eau pendant qu'elle décidait ce qu'elle voulait. Plus de nourriture. À ce moment-là, elle marchait, évitant les enfants et les coudes, tout en mordant un teckel entre deux gorgées de Coca.

« Tu sais... elle pourrait être une mangeuse olympique. »

Mon éclat de rire l'a fait se tourner vers nous.

Je lui fis un clin d'œil, ce qui fit rougir légèrement ses joues. Elle prit une autre bouchée, fit une boule dans la serviette sale et la jeta dans un tonneau à quelques pas de là. Elle s'essuya la bouche une fois de plus avec une serviette propre, puis se retourna vers nous.

Je ne savais toujours pas où elle avait mis toute la nourriture et les liquides qu'elle avait ingérés. Une limonade, puis un Coca, avec un gobelet pour cette boisson de la taille de sa tête.

Mais j'adorais la voir comme ça. Elle était si heureuse, en plein air, en train de s'amuser. Elle était insouciante ; je ne pouvais qu'espérer que ça reste ainsi. Je voulais qu'elle passe le meilleur moment de sa vie ce soir.

« Hé, je nous ai acheté un billet pour le carrousel. » Dan lui donna un coup d'épaule en arrivant à ses côtés.

« Oh, merci ! Je n'y suis pas allé depuis... »

« L'année où tu as mangé toute cette barbe à papa, puis tu l'as vomie sur toute la foule qui attendait pour monter sur le carrousel. Je me souviens que papa s'est plaint que tu avais sali ses mocassins. »

Nous avons ri à ce souvenir. « Si je me souviens bien, ta mère était furieuse que tu ne l'aies pas écoutée. Mais un regard sur ton visage vert, et elle a changé d'avis. »

Cette journée avec eux avait été amusante et je ne l'oublierai jamais.

« Et dix minutes plus tard, son derrière gourmand était dans la file d'attente pour des Oreos frits. »

« Qu'elle a vomi après la grande roue. » J'ai poussé un rire.

« Ouais, eh bien, j'avais peur. C'était tellement haut. »

J'ai regardé Kara, ses lèvres tirées en un sourire alors qu'elle tournait et commençait à marcher à reculons.

« Je pense que je ferais mieux d'attendre pour manger quelque chose de frit cette fois. » Elle a pris une autre énorme bouchée de son teckel, s'est retournée et s'est dirigée vers le stand de jeu suivant.

« Allez-y, les gars. Le premier à gonfler le ballon gagne un prix. »

Pistolets à eau et ballons. Cela semblait assez facile. Il y avait environ huit autres personnes alignées. J'ai pris la dernière place libre à côté de Dan.

« Le perdant achète le prochain en-cas de Kara », a-t-il lancé au défi.

« Terminé. » J'ai souri en voyant le souffle indigné derrière nous. Dieu sait où elle frapperait ensuite, mais encore une fois, si elle était contente, elle pourrait manger de chaque stand. Je la ferais sortir si je le devais.

Trois minutes plus tard, je pointais du doigt la grosse girafe en peluche sur le mur. « Celle-là, s'il te plaît. »

« Pour toi, mon amour. »

« Oh, tu connais mon amour pour les gigi ! »

« Je le sais. »

Elle m'a tendu son verre. « Aide-moi, s'il te plaît. »

Kara a utilisé sa main libre pour sortir une serviette de sa poche et essuyer sa main tachée de nourriture. Avec des mains propres, elle a non seulement repris son verre, mais aussi la girafe. Elle l'a serrée contre elle.

« Et après ? »

« Tu diriges, mon amour, nous suivrons. »

« D'accord, j'aimerais aller voir les tentes pour animaux. Peut-être que nous pourrions trouver quelque chose qui a besoin d'un foyer ? »

Dan et moi avons échangé un regard. Ils avaient des chiots et des chatons ici dans le cadre du programme local d'adoption d'animaux de compagnie. Est-ce qu'ils le faisaient encore ? J'ai haussé les épaules. Si elle voulait un animal de compagnie, qui étions-nous pour dire non ? C'était une femme adulte. J'étais là pour la protéger, pas pour lui dire ce qu'elle pouvait ou ne pouvait pas faire.

« Peut-être qu'ils auront une exposition de serpents », a taquiné Dan.

Les pas de Kara ralentirent, son nez se fronçant.

« Allez, ma chérie, il n'y aura pas d'exposition de serpents ici. Trop d'enfants. Mais ils ont peut-être quelque chose d'exotique. Allons voir. »

Je lui ai pris la main et je l'ai conduite vers le côté est du terrain. Le grand bâtiment en briques avait un panneau à l'extérieur. « Zoo pour enfants, ouvert maintenant. » Si son sourire s'élargissait davantage, son visage se briserait en deux.

Cela faisait une heure et quelques changements depuis que nous avions quitté le zoo pour enfants et commencé notre exploration du parc d'attractions. Kara avait visité la tente Believe It or Not de Ripley, qui était flippante comme tout. Même pour moi. Ce cochon à deux têtes m'avait fait flipper. J'ai vu des trucs bizarres dans ma vie, mais ça... ouais, non merci.

Elle était montée sur le carrousel avec Dan deux fois. Elle avait fait la queue pour le manège mais avait changé d'avis. Avec la quantité de nourriture et de boisson qu'elle avait dans le ventre, c'était un choix judicieux. Elle avait depuis dévoré un corndog, une pomme au caramel, et maintenant nous nous dirigions vers la longue file d'attente pour qu'elle aille faire pipi. Dans l'ensemble, c'était une utilisation productive de notre temps.

"Qu'est-ce qu'il y a après ta dix-neuvième pause pipi ?" taquina Dan.

"Je veux aller aux jeux près de l'allée d'entrée. Quelqu'un", me donna-t-elle un petit coup de coude, "doit me gagner un de ces poissons betta colorés. Ils en ont quelques-uns violets et bleus. Il serait mignon dans mon salon. Et puis, eh bien, je commence à être fatiguée. Mes pieds m'aboient dessus. »

Je rigolais. « Je pourrais juste aller t'en acheter un, et on pourrait rentrer à la maison ? » Je l'attirai vers moi, l'embrassant dans le cou pendant que je parlais.

— Où est le plaisir là-dedans ?

— Touché, mon amour. Touché.

— Gagne-moi un poisson, et nous pourrons rentrer à la maison. — Marché conclu, je te ferai gagner le plus gros poisson qu'ils ont.

— Bon homme, maintenant, va-t'en. Oh, tiens-moi ça, s'il te plaît ? Kara poussa la girafe vers moi et sourit. — Je suis suffisamment capable de faire la queue pour aller aux toilettes toute seule. Elle nous lança un regard à Dan et moi. Cédant, je levai les mains et me dirigeai vers les tables de pique-nique au fond de la salle à manger. J'appuyai une hanche contre elles et regardai la file avancer lentement.

Profitant de l'instant, je dis : — Mise à jour, en appuyant mon doigt contre mon écouteur que je portais pendant que je parlais.

— Tout est clair à l'extrémité sud. —

Je vous ai tous en vue ; rien ne semble anormal d'ici.

Je me sentais beaucoup mieux dans cette foule avec mes gars qui guettaient tout danger que je pourrais rater. Avec un harceleur du niveau de Sterling, ils étaient imprévisibles dans le meilleur des cas. Ajoutez à cela le fait que personne ne l'avait vu ou entendu depuis le jour où elle l'avait frappé... ouais, je ne prenais aucun risque.

Mon instinct commençait à faire sa danse « le danger est proche ». Je n'aimais pas du tout ça. Je n'étais pas prêt à l'éloigner, pas encore. Elle s'amusait trop. Je la ferais sortir après le jeu de pêche. Nous pourrions toujours revenir demain. La foire serait là jusqu'à la semaine prochaine telle qu'elle était. Beaucoup de temps pour manger plus de nourriture de foire.

Chapitre 7

Kara

Si cette file ne bougeait pas bientôt, j'allais avoir de sérieux ennuis.

Je savais que j'avais dû faire pipi il y a deux verres. Mais, comme un enfant dans un magasin de bonbons, je ne voulais pas arrêter de jouer à des jeux et de faire des manèges. Je m'en sortais plutôt bien, jusqu'à cette dernière bouteille d'eau... Ouais, c'était peut-être la plus grosse erreur à faire en ce moment.

Mais j'avais chaud après être montée sur le carrousel. La quantité de corps entassés dans cet espace était étouffante. Alors quand je suis descendue, rougie et m'éventant le visage, M. Santé me l'a tendu. Je savais qu'il valait mieux ne pas discuter avec lui. Il avait raison. L'eau était bonne pour les reins. Avec la quantité de soda que j'avais déjà bue, c'était plus que nécessaire.

L'équipe de conciergerie, deux messieurs souriants et âgés avec des porte-clés de la taille de ma tête, sont venus et ont dit que certaines femmes pouvaient passer par l'autre porte. Ils avaient décidé d'ouvrir l'autre côté des toilettes. Je détestais qu'ils aient plus de choses à nettoyer, mais j'avais tellement envie de faire pipi que je ne m'en souciais pas sur le moment.

L'autre porte menait à un autre ensemble de cabines, ce qui rendait les deux files beaucoup plus courtes. Au total, la plupart d'entre nous allaient entrer et sortir en quelques minutes.

J'ai réussi à atteindre la dernière cabine juste à temps. Le soulagement immédiat a été incroyable – un soulagement glorieux. Je jure que j'ai uriné pendant cinq minutes.

Je me lavais les mains quand j'ai décidé d'asperger mes joues surchauffées d'un peu d'eau. Je les séchais quand j'ai senti quelqu'un arriver derrière moi. Vous savez ce que je veux dire. Un frisson de malaise a fait lever mon regard, mais il était trop tard. Une main était sur ma bouche et un bras autour de moi, me soulevant du sol avant que j'aie eu le temps de réagir.

« Tu pensais pouvoir m'échapper ? »

Mon sang s'est glacé au son de sa voix.

Ian.

C'était Ian qui m'avait attrapé.

Son souffle chaud a balayé mon visage, me faisant grimacer. La saleté m'a retourné l'estomac. Il semblait échevelé alors que je le regardais attentivement dans le miroir. La folie qui me regardait faisait battre mon cœur dans ma poitrine.

J'ai essayé de donner des coups de pied, de crier ; mes efforts ont été perdus dans le bruit de la foire qui nous entourait.

La porte derrière nous s'ouvrit et sans effort, je fus emportée derrière les bâtiments comme un sac de patates.

Je n'avais aucun doute que si je ne m'éloignais pas de lui tout de suite, je ne pourrais peut-être pas y arriver.

Je me repris et me souvins de quelque chose qu'on m'avait appris des années auparavant. Même en étant tenue comme ça, je pouvais faire quelque chose. Je mordis la main qui couvrait ma bouche, et quand il me lâcha, je me penchai en avant puis jetai ma tête en arrière. Je ne savais pas ce que j'allais toucher. Et honnêtement, je me fichais de savoir quelle partie de lui j'allais toucher. Je voulais juste que ce bâtard me laisse partir. Je recommençai, grognant à cause de la douleur dans ma tête. C'était un coup dur qui me fit probablement plus mal que l'idiot qui me malmenait.

« Espèce de salope stupide ! »

Son étreinte se resserra, douloureusement. Je commençai à donner des coups de pied, mon corps tressaillant, me battant de toutes mes forces. Je pris contact, son grognement douloureux me faisant donner un nouveau coup de pied. Finalement, il me lâcha. Je me laissai tomber sur le sol dur et impitoyable, mais je me fis happer par les cheveux. C'était douloureux, mais comme il tenait ma queue de cheval, cela me laissa un peu de marge de manœuvre pour me défendre. Je me tournai légèrement, cette fois-ci capable de voir ce que je frappais, et je frappai avec mon pied, le frappant aussi fort que je le pouvais, essayant de mon mieux de lui faire éclater les noix.

Il jura, ses mains allant couvrir ses petits glands alors qu'il s'effondrait comme un arbre.

Je lui donnai un autre coup de pied sur le côté. Paniqué quand son bras se tendit, saisissant ma cheville. J'étais devenu arrogant. Si j'avais été intelligent, j'aurais couru dès qu'il était à terre.

Mon corps s'écrasa si fort sur le sol que j'en perdis le souffle pendant un moment. J'essayai de tousser, ayant besoin que mes poumons fonctionnent, tout en essayant de me dégager de sa portée.

« Je vais... prendre... plaisir... à... te... faire... du mal », haletait-il à chaque mot. Ses ongles s'enfoncèrent dans la peau nue de ma jambe, ma robe ne faisant rien pour l'empêcher de me toucher.

Son contact me retourna l'estomac.

« Descends ! » dis-je d'un coup de pied, mon pied visant son visage. Il me lâcha pour empêcher mon pied d'entrer en contact.

Je me remis sur pied et, après un rapide coup d'œil autour de moi, je courus vers la première porte ouverte que je trouvai. Il n'y avait aucun moyen de le distancer pour revenir devant les toilettes. Si je pouvais me cacher à la vue de tous, le laisser me contourner, alors j'aurais une chance de retourner là où Cal et Dan m'attendaient.

« Hé ! Fais gaffe. »

Je ne pouvais pas ralentir, ils allaient devoir faire face.

Téléphone ! J'avais besoin de mon téléphone. Je devais appeler Cal...

Ma main se précipita vers mon soutien-gorge. Il n'était pas là. Je l'avais déplacé dans ma poche.

J'esquivai un autre groupe de personnes. Je ne prêtais pas attention à la prochaine zone ouverte. Je courus, tout pour m'éloigner d'Ian.

J'avais besoin de mon téléphone, bon sang. Je fouillai rapidement dans mes poches. Mes doigts le tirèrent de sa cachette alors que je passais devant un ensemble de panneaux noirs suspendus dans l'ouverture sombre. M'éloigner d'Ian, trouver un moyen de revenir là où se trouvaient Cal et Dan...

Ma sécurité était si proche, mais je ne pouvais pas y parvenir.

Je me cognai contre un mur, maudite.

Si le brouillard de glace sèche qui tourbillonnait sous mes pieds n'était pas assez mauvais, je savais sans l'ombre d'un doute que j'avais fait une énorme erreur. Mes yeux se relevèrent de mon téléphone. Je réalisai alors que dans ma hâte d'échapper à un cauchemar, je m'étais mise dans un autre.

Des centaines de reflets se présentaient devant moi. Mon reflet et celui d'un clown quelque part dans cet endroit qui me regardait me nouèrent l'estomac.

Comment étais-je entré ? Le mur était la seule raison pour laquelle je m'étais arrêté.

Je me retournai, cherchant une porte. Il y en avait partout. Je n'avais aucune idée de comment sortir d'ici. Pourrais-je même en ressortir ? Merde.

Je n'avais pas fait attention à l'endroit où je courais. Putain de bon travail, Kara !

Je me suis extirpé de la panique qui m'entourait pour regarder ma cellule. « Appelle à l'aide, ne panique pas encore », me réprimandai-je et me dépêchai d'appeler Cal.

Son nom était un phare dans le brouillard.

Littéralement.

Le son de sa voix faisait couler sur mes joues les larmes contre lesquelles je luttais depuis que j'avais été attaqué.

« Cal ! » Ma voix se brisa et résonna autour de moi. J'étais poussé sur le côté par un groupe d'enfants qui traversaient la maison de l'amusement. Ou bien revenaient-ils ? Non, ces choses horribles ne marchaient que dans un sens... du moins c'est ce que je pensais. Bon sang ! Je ne savais même plus si j'allais ou si j'allais.

J'essayais de les suivre, mais la panique me gagnait en voyant ce maudit clown, son visage souriant suivait chacun de mes pas. Je me collai contre le mur le plus proche.

Trop d'ombres et de reflets se déplaçaient en même temps.

« Kara, qu'est-ce qui ne va pas ? Où es-tu ? »

« Il... il est là... »

« Où es-tu, ma puce ? »

Les bruits assourdissants des manèges, des gens qui riaient, des machines qui se mettaient en marche emplissaient mes oreilles. C'était de plus en plus insupportable. Ils semblaient résonner dans le haut-parleur du téléphone. Je tournai en rond, ma main parcourant la vitre autour de moi, au point de me donner le vertige.

Je n'aurais jamais dû sortir aujourd'hui. Si j'avais été à l'intérieur de ma maison, entourée d'hommes prêts à me protéger, cela ne serait pas arrivé.

« Kara ? Parle-moi. »

« Où est-elle ? » Dan. Il semblait en colère et inquiet.

J'étais inquiète aussi. Je flippais au milieu d'un couloir en miroir. Pourrais-je le suivre et sortir ? Je regardai le mur devant moi et gémis tandis que mon reflet au visage couvert de morve emplissait ma vision.

« Je... »

« Donne-moi ce téléphone. Kara, » la voix de Dan emplit mon oreille, « Où es-tu ? Dis-nous tout de suite ! »

« Dan... »

— Allez, ma sœur, garde ton sang-froid pour qu'on puisse venir te voir. Cal est sur le point de perdre la tête. Il va tout détruire sur son passage.

— Les miroirs... murmurai-je, pas sûre qu'ils puissent m'entendre à cause du déferlement soudain de voix fortes qui les entouraient. — Les miroirs... essayai-je à nouveau. Le flot de mots était trop difficile à suivre.

— Où est-elle ? La voix de Cal se rapprocha à nouveau du téléphone.

S'il te plaît, mon Dieu, laisse-les me trouver avant qu'Ian ne le fasse.

— Quelqu'un a dit qu'ils avaient vu une fille se faire traîner hors des toilettes, dit une autre voix. Le ténor était plein de colère.

— Kara, c'est ce qui s'est passé ? C'était toi ?

— Ouais...

— Petit lapin... sors, sors, où que tu sois... Sa voix résonna dans les espaces vides autour de moi. Mon cœur battit à tout rompre, s'arrêtant dans une soudaine vague de terreur alors que mon souffle se coupait.

Mon corps tremblait si fort que ça me faisait mal.

Ian m'avait trouvée.

— Penses-tu pouvoir te cacher de moi, Kara ? Tu crois que je vais te laisser t'en sortir en ayant un autre homme dans ton lit ? demanda-t-il, sa voix pleine de menace. Tu es à moi. Il n'y a nulle part où fuir, nulle part où te cacher.

Mon cœur s'est mis à battre si vite que j'ai eu le vertige. La peur m'a envahi si vite que je me suis noyé dedans. Ma main est tombée de mon oreille alors que j'essayais d'avancer. Ma main vide s'est tendue pour empêcher mon visage de rencontrer un autre miroir.

Je devais trouver une issue. Je pouvais le faire. Sors, trouve les gars et fous le camp d'ici.

« Je te vois, petit lapin. »

Je tournai dans un nouveau couloir et m'arrêtai. Les murs autour de moi étaient solides. Bon sang ! Je n'avais réussi à trouver qu'une autre impasse.

J'ai essayé de revenir en arrière, en suivant les lumières. C'était peut-être ça le truc. Un changement soudain dans le brouillard grandissant m'a fait m'arrêter.

Alors que je revenais en arrière, ma main s'est levée, cherchant un miroir, mais c'était un espace vide. Je me suis dépêché de suivre l'ouverture. Je pensais avoir une issue, mais encore une fois, ces foutus miroirs m'avaient trompé. Je me suis reculé, essayant encore une fois de trouver une ouverture qui me permettrait de sortir d'ici.

Je me suis retourné, la main toujours tendue, quand j'ai senti les poils de ma nuque se hérisser. Une silhouette sombre a soudainement rempli les miroirs autour de moi.

Ma tête s'est relevée et j'ai rencontré celle d'Ian dans leurs reflets.

Mais où était-il ? Pouvait-il être juste à côté de moi ? Derrière moi ? Oui. Pouvait-il être dans un autre couloir et que ce ne soit que le reflet d'un reflet ? Encore une fois, oui.

Ma main s'est tendue, suivant les reflets autour de moi. Je l'ai cherché, mais il n'était pas proche. Ou l'était-il ? Cette illusion de merde était pour les oiseaux.

Il disait quelque chose que je n'entendais plus tout d'un coup. Ma seule attention était sur le trou noir du canon d'une arme à feu. Il me regardait droit dans les yeux. Je ne savais pas si je devais courir, tomber par terre ou simplement commencer à prier.

Je savais que s'il appuyait sur la gâchette, j'étais mort.

Il n'y avait aucun moyen de savoir où il était.

Il n'y avait nulle part où fuir.

Il n'y avait nulle part où se cacher.

« Kara ! »

Merde ! Le téléphone. Je relevai ma main tremblante, mes mots sortant à toute vitesse. « Il a... il a... une... arme... »

Mes yeux se relevèrent, la silhouette qu'Ian avait dessinée était toujours là, sa main immobile alors que l'arme était pointée vers moi.

J'avais l'impression que des années s'étaient écoulées. Aucun de nous deux n'avait bougé. Puis l'enfer s'était déchaîné.

Chapitre 8

Callum

De toute ma vie , je n'avais jamais été aussi effrayé, fou et complètement paniqué que maintenant. De toute ma vie, à l'étranger, dans des fusillades, attaqué par des hommes essayant de me tuer pour le simple fait que j'essayais de sauver des vies innocentes. Rien de tout cela n'était comparable aux sentiments qui me traversaient en ce moment.

Kara était malmenée par son harceleur. Personne n'avait vu le moindre signe de sa présence ici, et pourtant, nous étions là. Nous étions complètement impuissants jusqu'à ce que nous puissions la trouver. Je me tenais derrière les toilettes, mon regard scrutant chaque centimètre carré d'espace autour de moi. Il y avait des tentes, des stands ouverts et quelques manèges derrière eux. Elle pouvait être n'importe où.

"Kara !" Je me retournai en entendant le cri. Dan partit en courant, le téléphone serré dans sa main. "Où est-elle ?" J'ai aboyé. « Maison de l'amusement ! » Ma tête s'est retournée brusquement. Comment diable ? Pourquoi irait-elle dans la maison de l'amusement ? De tous les endroits où courir

– se cacher, elle a choisi le seul endroit qui lui garantissait des cauchemars ? Cela n'avait aucun sens pour moi. Je suppose que cela n'avait pas d'importance cependant. J'ai aperçu la porte à rideau, le tissu noir se fondant dans l'obscurité de la porte. L'énorme panneau au-dessus de l'entrée m'a fait réfléchir une seconde. Je ne voulais toujours pas croire qu'elle était entrée. Le panneau effrayant de clown annonçant la

« Maison de l'amusement », le fait qu'il y avait des miroirs partout. Ce qui lui était arrivé quand nous étions enfants. Cela allait être une baise mentale de proportions épiques. Nous avons bousculé les gens qui se précipitaient dehors. C'est alors que j'ai entendu le bruit inimitable des coups de feu. Le bruit de la fête foraine autour de nous rendait difficile à entendre, mais étant si près, il n'y avait aucun doute sur ce que c'était. Ma main était sur mon écouteur au rythme de mon cœur.

« Des coups de feu ont été tirés. Maison de l'amusement, à vingt mètres à l'ouest des toilettes. Appelle la police locale ; ils devraient avoir quelqu'un ici pour surveiller les choses. Dis-leur de ne pas nous tirer dessus, veux-tu ?

— Je m'en occupe. Berkley est à tes six mètres. Norton arrive du nord-est ; il viendra par derrière. Je sortis mon arme dissimulée, un Sig Sauer P226, de l'étui dans mon dos. Je marchais à chaque pas comme si je marchais dans un champ de mines. Des miroirs remplissaient ma vision.

Le faux brouillard ne faisait qu'ajouter au facteur effrayant ici. En tant qu'enfant, ou même jeune adolescent, cet endroit ne m'aurait pas dérangé le moins du monde. Quelque chose dans le fait de savoir que ma fille était piégée ici avec une menace en faisait soudainement mon pire cauchemar.

Je ne comprenais toujours pas pourquoi elle avait couru ici. De tous les endroits, elle détestait, et je dis ce mot dans son sens le plus fort, le plus dur. Elle détestait les maisons de l'amusement, détestait les espaces clos et les miroirs.

Bon sang, le seul miroir de sa maison était celui de la salle de bain. Et maintenant, elle est là.

Dan a essayé de me dépasser, mais je l'ai retenu. « Ne fais pas ça ! » ai-je sifflé. La dernière chose dont j'avais besoin, c'était qu'il s'en aille et se perde sur moi.

Cette maison de l'amusement semblait bien plus grande que la dernière fois que j'y étais allée, mais c'était claustrophobe comme l'enfer.

« Kara, où es-tu ? » a chuchoté Dan dans le téléphone. Ses yeux étaient écarquillés d'inquiétude.

Je me suis maîtrisé et j'ai lentement pris le premier virage. Rien. Aucun reflet de ma fille.

« Le téléphone est mort. Je l'ai perdue », a-t-il grogné.

J'ai appuyé sur mon écouteur. « Nous avons perdu l'appel ; nous y allons à l'aveugle. Reste sur mes talons », ai-je ordonné, jetant un regard en arrière vers Dan avant d'accélérer.

« Tout est de ta faute, espèce de salope stupide ! » a résonné une voix d'homme sur les murs en miroir.

Je me suis forcée à aller plus vite, mes yeux scrutant de gauche à droite alors que nous nous frayions un chemin à travers le labyrinthe de miroirs.

Des coups de feu ont retenti.

Kara a crié.

Mon cœur s'est arrêté.

Le son misérable de ma respiration saccadée était tout ce que je pouvais entendre. Le silence remplissait l'espace autour de nous. J'avais l'impression d'avoir couru pendant un an avant qu'un autre virage ne me fasse enfin arrêter. Je pouvais voir Kara par terre, son corps immobile. Une grande silhouette se tenait au-dessus d'elle, sa main tenant un pistolet. Si je m'approchais davantage, les stupides miroirs me trahiraient.

« Kara ! » hurla Dan, me poussant.

La silhouette avec le pistolet se retourna ; j'appelai : « Dan, descends ! »

Il tomba et j'ouvris le feu. Un triple coup de feu dans la poitrine et la silhouette s'effondra sur le sol jonché de verre. Je m'approchai prudemment, repoussant le pistolet d'un coup de pied. Le corps était immobile, mort. Je retirai la capuche pour trouver le visage meurtri et ensanglanté d'Ian Sterling qui me fixait. Je lui cognai la tête contre le sol et me retournai pour trouver Kara, en train de pleurer contre la poitrine de Dan.

« Chut, tout va bien, sœurette. On t'a eu. »

Je rangeai mon arme et m'agenouillai à côté d'eux. « Kara, mon amour, regarde-moi. » Je pris son visage entre mes mains, la regardant. Elle avait un bleu qui se formait sur sa mâchoire et sur sa joue.

« Il... j'ai essayé... de... m'enfuir... » Elle se mit à sangloter.

Je la soulevai, la serrant contre ma poitrine, et me levai.

« Salem Police Department, ne bouge pas. Mets les mains en l'air. » Dan obéit à leurs ordres, mais je ne pouvais pas. Je ne le ferais pas. Je ne voulais pas lâcher Kara.

« Je m'appelle Callum Asher, je travaille pour Rizer Security. La femme dans mes bras est notre cliente. Elle était traquée par cet homme. Il avait une arme sur elle quand nous sommes entrés. Il a pointé cette arme vers moi, et je l'ai abattu. Mes papiers d'identité et mon permis de port d'arme sont dans ma poche arrière gauche ; mon portefeuille est dans la poche droite. Mon arme est rangée dans un étui dans le bas du dos. »

« Hé, attends, ce sont mes gars. » Laurence Berkley déboula dans le couloir. Sa masse repoussa les hommes. C'était un geste assez stupide de sa part, mais bon, c'était comme ça qu'il faisait les choses.

« Monsieur, reculez. On a reçu des appels pour des coups de feu et pour une femme qui a été traînée hors d'une salle de bain. »

« Pas de problème, adjoint. C'est moi qui ai appelé. »

« Adjoint. »

« Shérif Randolph, » le jeune homme fit un signe de tête au monsieur plus âgé qui entra, la main posée sur la crosse de son revolver

. Le grand homme nous regarda. « Vous êtes les hommes de Rizer Security ? »

« Oui, monsieur. »

« Je viens de raccrocher avec votre patron. Adjoint Marx, sécurisez votre arme. Sécurisez la scène. Il y a une ambulance devant. Je vous accompagnerai tous jusqu'à l'hôpital. Vous ne me quitterez pas tant que nous n'aurons pas de déclarations complètes sur les événements d'aujourd'hui. »

« Cal, nous avons la sécurité – shérif, adjoint, nous avons une copie des vidéos de sécurité. On voit Sterling sortir Mlle McGee des toilettes. Elle s'est battue aussi, » dit Maurice Norton en entrant en tenant une clé USB.

« J'aimerais en avoir une copie. »

« Oui, bien sûr. J'en ai deux exemplaires. »

« Super. Tu nous accompagneras à l'hôpital. Mon équipe viendra pour recueillir les déclarations. »

Je traversai l'espace ouvert et sortis de la maison de l'amusement avec Kara. Elle avait arrêté de pleurer, mais elle tremblait. J'avais peur qu'elle soit en état de choc. Je devais vérifier si elle était blessée.

« Est-elle blessée ? »

« Je ne sais pas. » Je me dirigeai vers la porte d'entrée ; les lumières clignotantes de l'ambulance attirèrent l'attention de tout le monde. Les secouristes se précipitèrent vers nous.

« Des blessures ? »

« Je ne sais pas. Elle a été retrouvée face contre terre. Je suis sûr qu'elle est en état de choc. »

« Faites-la entrer. »

Une fois dans l'ambulance, Kara fut examinée ; elle n'avait que des blessures mineures. Des coupures sur ses bras et sa joue, des ecchymoses sur sa mâchoire et son visage et sur ses côtes. Sa tension artérielle était très élevée, les deux chiffres à trois chiffres, mais son O2 indiquait une quantité normale d'oxygène. Son rythme cardiaque diminuait depuis qu'elle avait été retirée de la situation.

Le trajet jusqu'à l'hôpital fut l'un des plus durs de ma vie.

« Laisse-moi voir ma petite-fille, espèce de démon. »

« Grand-mère, arrête. Bon sang. Je te l'ai dit, Kara dort. Tu dois baisser la voix. Il y a d'autres patients ici. »

« Oh mon Dieu, qui a appelé grand-mère ? » grommela Kara contre ma poitrine.

Je ris. Elle semblait ivre – et d'une certaine manière, avec la combinaison d'analgésiques, un pour l'aider à gérer son anxiété et un autre pour faire baisser sa tension artérielle, ma fille était un peu cuite.

« Je pense que Dan l'a fait », répondis-je en déposant un baiser sur sa tête. « Elle avait besoin de savoir qu'il y avait un accident avant que ça ne passe aux infos de 17 heures. Un de mes gars l'a conduite. Elle a été un peu difficile. Les infirmières ont essayé de la calmer jusqu'à ce que tu sois installée. »

Kara tira les couvertures sur sa tête juste au moment où la porte de la chambre s'ouvrit. « Où est-elle ? Où est mon Karebear ? »

« Grand-mère, pour l'amour de Dieu. » Dan trébucha derrière elle, regardant complètement par-dessus tout cela. « Je te jure, tu réveilleras les morts un jour. »

« Grand-mère Jen, elle va bien, un peu endolorie et quelques bleus. »

« Callum, mon cœur, merci d'avoir pris soin de ma petite fille. »

« Avec plaisir, vraiment. »

« Qu'ont-ils dit ? » demanda-t-elle en s'asseyant sur la chaise à côté du lit. Dan s'assura qu'elle était stable avant de s'asseoir au bout du lit.

« Je vais bien », la voix étouffée de Kara provenait de sous les couvertures.

Secouant la tête, je repliai doucement la couverture, donnant à Jen un compte rendu complet de ce qui s'était passé. Elle avait des côtes meurtries, un rein meurtri et une possible fracture à la main. Son coude et son épaule ont apparemment pris le plus gros de sa chute. Nous savons que le connard lui a donné un coup de pied alors qu'elle était à terre, donc honnêtement, ça aurait pu être lui aussi. Le seul endroit où sa botte a laissé une marque était sur son dos, au-dessus de son rein.

« J'espère qu'il est mort. »

— Grand-mère, ne dis pas ça... —

Le Seigneur devra me pardonner pour mes mauvaises pensées, mais cet homme t'a fait du mal. Il voulait faire pire. Quel salopard.

— Grand-mère ! Kara ricana et grimaça sous la douleur provoquée par le mouvement de son corps meurtri. Je pouvais en témoigner : côtes, poitrine et muscles du dos meurtris, plus le rire – ouais, c'était un peu nul.

— Il est mort, grand-mère. Cal lui a mis trois balles dans le cœur.

Elle tendit sa main ridée et tachetée de vieillesse, et je la serrai dans la mienne. — Merci. —

Arrête, je le referais cent fois si cela signifiait que Kara était en sécurité. J'aurais juste aimé qu'on puisse l'atteindre plus tôt. Il n'aurait jamais dû s'approcher d'elle aussi près. —

Ne le prends pas mal, fiston, mais tu n'es pas un super-héros avec des yeux partout et des super-pouvoirs qui te permettent d'être à trois endroits à la fois. Tu l'as atteinte et tu as éliminé la personne qui la menaçait, c'est ce qui est important.

« C'est mon héros », dit Kara, les yeux remplis de larmes.

« Bâillonne-moi maintenant... » marmonna Dan.

Jen, sans perdre une seconde, prit son sac à main et le frappa avec. L'expression de son visage était inestimable.

« Aïe, hé, grand-mère, qu'est-ce que tu fous, ma belle ? » Il se frotta le coude.

« Arrête ça. » Son air renfrogné lui fit lever les mains. Il était pourtant loin d'être repentant. Personne ne se laissa tromper par ce spectacle. « Ta sœur a toujours eu un faible pour Cal. Ton père s'inquiétait du jour où ils découvriraient qu'ils s'aimaient. »

« Quoi ? » demandai-je, choquée.

« Mon Dieu, tu ne sais pas que la nuit où tu l'as emmenée au bal de fin d'année, cet homme t'a suivie tout le long du chemin, espionnant par les fenêtres et à travers les buissons. » Son rire était contagieux. « Eh bien

, je ne l'ai pas fait, mais honnêtement, je ne suis pas surprise. »

Je l'avais emmenée à son bal de fin d'année après que l'idiot avec qui elle était censée aller ait décidé que la pom-pom girl en chef serait un meilleur choix. Nous avions ri, nous étions moqués de quelques personnes, de la pom-pom girl et du connard pour commencer, et avions passé une très bonne soirée. Dîner et danse. Ça avait été le début de quelque chose de plus ; j'avais juste été trop stupide pour tout comprendre avant de laisser tout s'effondrer.

Je serais éternellement reconnaissante au destin qui nous avait réunis. Kara et moi en avions déjà parlé plusieurs fois, nous nous rassurions mutuellement et nous-mêmes sur le fait que nous voulions cela. Nous avions toujours voulu cela.

Elle avait été cette pièce manquante qui me rendait entière. Je ne la laisserais plus jamais partir.

« Puis-je rentrer à la maison ? S'il te plaît ? J'ai tellement sommeil. » Sa voix fatiguée m'a tirée de mes propres pensées.

« Une fois que le médecin aura examiné ton scanner, si tout est clair, alors oui, tu pourras sortir et nous pourrons rentrer à la maison. » Je passai mes doigts dans ses cheveux, massant doucement son cuir chevelu.

Quelques heures plus tard, je sortais Kara de mon camion, endormie. Sa tête reposait sur mon épaule tandis que nous marchions vers sa petite maison. Tous ses tests étaient bons. Ses ecchymoses allaient guérir, nous devions juste surveiller toute anomalie pendant les prochaines heures, mais je prédisais qu'elles se dérouleraient sans incident.

Le sommeil, la nourriture et le repos la remettraient sur pied en un rien de temps. En attendant qu'elle soit de nouveau sur pied, Dan prendrait en charge ses cours pour que ses élèves ne prennent pas de retard. Kara prendrait une semaine ou deux pour déterminer la suite. Voulait-
elle rester ici ? Irait-elle dans une autre école, une école qui ne lui rappellerait pas ce qui s'était passé aujourd'hui ?

Peu importe ce qu'elle choisirait, je serais là avec elle. Mes yeux parcoururent la cour avant et je souris. Le silence m'envahit tandis que je la portais à l'intérieur. Nous aimions le silence.

Demain commencerait une nouvelle journée, un nouveau mode de vie pour nous tous. Pour ma part, j'avais hâte de voir où cela nous mènerait.

Épilogue

Kara

Plus je lisais le journal que je tenais dans mes mains, plus les larmes coulaient de mes yeux – sans ma permission, devrais-je ajouter. La douleur de l'un était la force de l'autre, et j'espérais que cela signifiait que ces jeunes adultes s'accrocheraient à cette force.

Je devrais ajouter que mes larmes étaient des larmes de joie. Cette fois.

La tâche que j'avais donnée à mes élèves était d'écrire sur une expérience de leur vie dont personne ne savait rien. Quelque chose de bon, de mauvais ou d'indifférent ; cela n'avait pas d'importance. Grand ou petit. Une réussite, une inquiétude – il n'y avait pas de règles.

Je voulais apprendre à les connaître avant de nous plonger véritablement dans nos cours pour ce semestre.

Ce devoir m'a été confié après qu'un étudiant m'a demandé si j'étais « la femme dont on parlait aux infos ». Six mois se sont écoulés depuis que j'ai été agressée à la foire et pourtant, je rencontrais sans cesse de nouvelles personnes qui me disaient : « Je viens d'apprendre ce qui t'est arrivé », « Je suis vraiment désolée qu'il t'ait fait ça », « Il avait l'air d'être un homme si gentil. Je n'arrive pas à croire qu'il t'ait fait ça ». Et même : « Je suis contente que tu aies eu quelqu'un pour t'aider. Certaines femmes n'ont pas ça ».

Ce dernier commentaire, celui d'une femme plus âgée qui m'avait arrêtée à l'épicerie une semaine seulement après l'agression, m'avait fait pleurer. Elle m'avait serrée dans ses bras au beau milieu de l'allée. Sa petite silhouette était forte, mais la douleur que je voyais dans ses yeux racontait une histoire à part entière. Elle avait traversé une épreuve tout aussi terrible et n'avait eu personne pour l'aider.

Cela m'a brisé le cœur. Personne ne devrait jamais se retrouver dans une telle situation, même si je savais que cela arrivait tous les jours.

Et puis il y avait ceux qui disaient que je m'étais donnée en spectacle. Ou la meilleure réponse aurait été, et je paraphrase, « Elle a dû être dans ce jeu de rôle de la vie réelle. Certaines filles aiment être attaquées. Elle est juste en colère de s'être fait prendre. »

Au début, sa famille était pleine de haine. Ils ne voulaient pas croire que leur fils, leur frère, leur cousin, pouvait faire une chose pareille. Tout a changé quand ils ont vu la vidéo de l'agression à l'extérieur des toilettes. On pouvait clairement le voir m'attaquer et me narguer pendant que je me battais pour me libérer.

Regarder cette rediffusion, sachant ce qui allait suivre, était traumatisant. Quand j'ai fermé les yeux, je voyais encore les centaines d'ombres de lui, ce pistolet à la main, pointé directement sur moi.

Je travaillais avec un thérapeute pour contrôler mes pensées et mes peurs. Mais cela allait prendre du temps. Et beaucoup de nuits blanches.

Les gens allaient penser et ressentir ce qu'ils voulaient, et c'était très bien. À chacun son truc. Des articles seraient publiés. Des posts sur Facebook seraient publiés. C'était comme ça, et tout ce que je pouvais faire, c'était avancer, laisser les mauvaises choses derrière moi, ce qui signifiait que je ne lisais plus les articles en ligne ni leurs commentaires.

J'avais rendu mes comptes de réseaux sociaux privés, réservés à mes amis et à ma famille. Si je ne te connaissais pas personnellement, tu n'envahirais pas mon lieu sûr. Point final.

Je ne ressentais plus le besoin de justifier ce qui s'était passé. Pourquoi j'avais fait ce que j'avais fait.

Comment quelqu'un pouvait-il dire que j'avais voulu ça... que j'avais accepté ? L'homme allait me tuer. Il était là, me surveillant, me suivant depuis des mois. Des années même. Il me traquait.

Ma vie, à l'époque, était en grave danger et pourtant, des gens qui ne savaient rien de moi, ou de cette situation, remettaient en question ma version des faits ? Ils avaient le culot de dire des choses comme ça ? Il avait une arme, et sans Cal, je ne serais probablement pas ici en ce moment.

Cela me dégoûtait que des gens puissent penser de cette façon. Ce n'est pas comme si j'avais prévu d'être attaquée à la foire et de faire ensuite la une des journaux.

La douleur que j'ai ressentie était réelle et les faits avaient besoin d'être validés pour pouvoir passer outre. En parler, en faire prendre conscience, c'est ainsi que j'avancerais.

Alors, après avoir tout dit, je me suis ouverte et j'ai raconté mon histoire au monde. La journaliste avec qui j'avais parlé avait été gentille, elle avait posé des questions approuvées au préalable, ce qui m'avait permis d'aider peut-être quelqu'un d'autre dans une situation similaire à savoir qu'il était acceptable de s'exprimer.

Je n'étais pas sûre de vouloir raconter mon histoire ici, en classe, mais après avoir parlé avec Cal, qui avait assisté à ces cours avec moi pour répondre à ses questions, je l'ai fait. Après tout, il s'agissait d'étudiants. De jeunes adultes qui devaient eux-mêmes se méfier des prédateurs.

On ne sait jamais à quoi les gens autour de soi allaient s'accrocher. Il fallait être capable de reconnaître les problèmes avant qu'ils ne s'aggravent. Et de se libérer si on était déjà dans une mauvaise passe.

Lorsque j'avais commencé mon histoire, je n'avais pas laissé de côté grand-chose. J'avais parlé de ce que je ressentais à l'idée d'être traquée. Ce que cela faisait de regarder en arrière en permanence. Cette discussion avait inspiré les articles que je lisais maintenant. Je leur avais donné la possibilité de me dire n'importe quoi. Certains ont fait court et ont été précis. Pour prendre un exemple unique, je sais maintenant que Jami Loveless a failli se faire arrêter pour avoir eu des relations sexuelles avec son patron dans la réserve du restaurant où elle travaillait.

L'un des nouveaux étudiants, George, a écrasé le vélo de son frère contre un arbre alors qu'il était préadolescent. Sa mère l'a découvert et, pour se faire pardonner, il a dû travailler à la station de lavage jusqu'à ce qu'il puisse la remplacer. Il y a continué à travailler et s'est retrouvé à vouloir ouvrir sa propre station de lavage un jour.

Ce sont ces petites leçons de vie qui vous mènent parfois sur une nouvelle voie. L'agression a changé mon parcours. J'enseigne maintenant dans un collège communautaire local. Deuxièmement, après quelques semaines de discussions, j'ai emménagé avec Cal. Il a vendu son appartement à New York et s'est installé ici.

La petite ferme que nous avons trouvée, à une ville de là, était suffisamment grande pour nous, et si nous décidions un jour d'avoir des enfants, eh bien, il y a encore de la place pour s'agrandir.

Mon frère, Dan, travaillait toujours à l'université, mais je ne le voyais pas rester très longtemps. Il avait déjà postulé pour un emploi dans la même école que moi. Lui, comme moi, voulait juste enseigner et ne pas se faire rappeler quotidiennement ce qui s'était passé.

Aller de l'avant était la meilleure chose que nous pouvions tous faire.

Avec cela en tête, j'ai écrit un petit mot au bas du papier que j'avais à la main.

Merci d'avoir partagé une histoire aussi douce. Un conseil, n'oubliez pas que vous pouvez faire tout ce que vous voulez. Personne ne peut vous l'enlever.

<3 Mme McGee

Un coup à ma porte m'a fait lever les yeux. Je savais que le sourire sur mon visage était énorme à la vue de Cal debout là. J'ai jeté un coup d'œil à l'horloge sur mon mur. Ma période de planification était presque terminée. J'avais encore mes cours de l'après-midi à suivre.

Je me levai quand il entra. « Hé, qu'est-ce que tu fais ici ? » demandai-je en le serrant fort dans mes bras. Le doux baiser qu'il déposa sur moi fit battre mon cœur à tout rompre.

« Je voulais passer une minute ; tu as oublié ton sac à lunch, alors c'était l'excuse parfaite. »

Je rigolai. « Bon sang, je n'avais même pas réalisé qu'il n'était pas dans mon sac. » Je le lui pris des mains, toujours souriant.

« Je m'en doutais. » Il recula un peu. « Je dois aller en Pennsylvanie pour quelques jours. Je promets d'être prudent », proposa-t-il avant que je puisse le dire. « Je devrais être à la maison vendredi soir. Tu veux aller cueillir des pommes ce week-end ? »

« Bien sûr que oui. Je dois demander à grand-mère de partager sa recette de tarte aux pommes pour que... »

« Si tu apportes les pommes et que tu demandes de l'aide, tu pourras mettre tes yeux dessus. »

« Oui ! »

Il rigola, se pencha et m'embrassa à nouveau. Une minute plus tard, la cloche sonna et il me sembla que quelques secondes s'étaient écoulées avant que la porte de ma classe ne s'ouvre et que les élèves ne fassent leur entrée. Tous les regards se posèrent sur Cal. Les garçons l'évaluèrent et les filles admirèrent sa beauté. Le polo moulant et le pantalon kaki, qui constituaient la majeure partie de sa garde-robe, l'enveloppaient bien.

« C'est mon signal pour y aller. Je t'appellerai quand j'arriverai. » Il me vola un rapide baiser. « Je t'aime. »

La classe éclata dans une cacophonie de huées et de sifflements.

« Je t'aime aussi. Maintenant, va-t'en avant qu'ils ne commencent à poser des questions. » Nous avions déjà vécu cela, au début. Ces enfants n'avaient aucun filtre et aussi amusant que cela puisse être, ce n'était pas le jour pour ça.

Son rire tonitruant le suivit hors de la salle.

Je secouai la tête et retournai à mon bureau.

« Ok, ok, calmez-vous, la classe. Tout le monde sort une feuille blanche et un crayon. C'est l'heure du quiz surprise. »

Le bruit dans la salle passa des acclamations à une mer de gémissements.

J'aimais vraiment mon travail. Être appelé professeur ne me manquait pas du tout. J'aimais être ici, où je savais que ce que je faisais faisait une différence.

Il n'y avait pas de meilleur sentiment que ça.

Don't miss out!

Visit the website below and you can sign up to receive emails whenever St Jean publishes a new book. There's no charge and no obligation.

https://books2read.com/r/B-A-UNJIC-AJFBF

BOOKS 2 READ

Did you love *Professeur tentateur*? Then you should read *Carrossier*[1] by St Jean!

La première fois que je me suis mis à genoux pour le président Ashley, c'était le soir de son investiture... Et je ne faisais que mon travail... l'aider à retirer ses chaussures.

Je suis le lieutenant-commandant Kenan Harper, le valet de confiance du président. Son aide fidèle. Son homme de main... Et l'idiot qui est amoureux de Garner Ashley depuis bien avant que j'accepte ce poste.

Si j'avais eu mon mot à dire, je serais bien plus que son employé, mais dire que ce serait impossible serait l'euphémisme du siècle. Garner est peut-être le premier président ouvertement gay, mais le monde n'est pas prêt pour un Premier Gentleman gay, et Garner ne m'a jamais regardé

---

1. https://books2read.com/u/3JBZdA

2. https://books2read.com/u/3JBZdA

avec autre chose qu'une courtoisie professionnelle... Jusqu'à ce que soudain, il le fasse.

Le premier contact entre nous déclenche des années de désir si intense et si sauvage qu'aucun de nous ne peut plus nier nos sentiments. Mais quand une relation est aussi interdite, qu'elle met fin à une carrière, qu'elle... change le monde... nous aurons tous les deux des choix à faire.

Vais-je rester dans l'ombre en tant qu'homme de main du président... ou me démarquer et rester fier aux côtés de Garner en tant que celui qu'il aime ?

Also by St Jean